Yelena Martin

Der Ewigverliebte

Autorin

Yelena Martin wurde im Jahre 1964 in Kasachstan (in der Stadt Karaganda) geboren. Dort verbrachte sie ihre Kindheit und Jugend. Seit Juli 2000 lebt die Autorin dauerhaft in Deutschland. Im Jahr 2007 ist im „Aletheia" - Verlag das Buch der Prosa „Der Ewigverliebte" erschienen. 2010 folgten die „Diamanttränen". Yelena Martin nahm auch am internationalen Poesiewettbewerb in München (2007-2011) teil. Außerdem steuerte sie ihren Beitrag zur Anthologie der russischsprachigen Dichter im Ausland 2008-2011. Sie ist die Autorin von Poemen: „Umhüllungsschutz", „Spiel" und „Seele".

....

Buch

Hierbei handelt es sich um eine ungewöhnliche Erzählung. Beim Lesen gelangt man in eine Welt der Liebe und der Leidenschaft. Diese beiden Eigenschaften helfen dem Leser sich im Venedig des 17. Jahrhunderts wieder zu finden. Vielleicht kann der Leser mit Hilfe dieser beiden Eigenschaften entweder kurzfristig, oder sogar für ewig dort bleiben...

Yelena Martin

DER EWIGVERLIEBTE

Aus dem Russischen
von Alexander Archangelski

Bibliografische Information der Deutschen Nationalbibliothek:
Die Deutsche Nationalbibliothek verzeichnet diese Publikation
in der Deutschen Nationalbiografie, detaillierte bibliografische
Daten sind im Internet über dnb.dnb.de abrufbar.

TWENTYSIX – Der Self-Publishing-Verlag

Eine Kooperation zwischen der Verlagsgruppe Random House und

Books on Demand

© 2015 Martin, Yelena

Herstellung und Verlag:

BoD – Books on Demand, Norderstedt.

Illustration: Yelena Martin

Übersetzung: Aus dem Russischen von Alexander Archangelski

ISBN: 9783740709129

Teil I

Die Götter sagten, dass du ewig
die wahre Liebe suchen wirst...

Wir schreiben das Jahr 1625 in Warschau. Ein prächtiges Schloss, welches einer der reichsten Familien von ganz Polen gehört. Im Haus herrscht eine große Aufregung, weil das Familienoberhaupt seinem einzigen Sohn befiehlt, sich auf eine Reise in fremde Länder zu begeben, um dort die Weisheiten des Erwachsenenlebens zu lernen.

- Vielleicht überlegst du es dir doch anders? Und wirst du deine Entscheidung ändern? Dich wird es ja nichts kosten, du hast zwar dein Wort gegeben, aber du kannst es auch zurücknehmen...

- Du denkst dabei in erster Line an dich selber und machst dir nur wenig Gedanken über unseren Sohn.

- Janusch, ich flehe dich an! Unser Junge...

- Er ist schon lange kein Kleinkind mehr. Du hättest ihn in den Armen von Jadwiga sehen sollen.

- Was sagst du da?

- Hast du es endlich kapiert. Letzte Nacht konnte ich deswegen lange nicht einschlafen.

- Diese Schlampe!

- Wie auch immer, meine Entscheidung steht bereits fest und alle deine Überredungen werden daran nichts verändern. Er wird noch heute das Haus verlassen.

Anna, die Mutter von Stefano rennt in das Schlafzimmer ihres Sohnes und beginnt ihr Kind zu küssen. Stefano ist noch schlaftrunken und kann deshalb nur wenig begreifen.

- Mein Söhnchen, dein Vater der Tyrann hat eine blödsinnige Entscheidung getroffen.

- Will er etwa auf Bärenjagd gehen? Nach unserer letzten Hasenjagd lacht eh schon die ganze Nachbarschaft über uns.

- Du kannst es dir gar nicht vorstellen, was sich dein Vater diesmal überlegt hat. Er schickt dich fort von hier.

- Wohin?

- Ach, mein Söhnchen. Er sagt, dass du in fremde Länder reisen sollst.

- Keine schlechte Idee.

- Und was wird aus mir? Ich werde es nicht zu lassen!

- Und was wird darauf unser Tyrann sagen? Hör auf zu heulen! Ich werde mich ein wenig amüsieren. Außerdem werde ich dabei bestimmt viel lernen.

- Nimm den Michey mit. Er wird wenigstens auf dich aufpassen.

- Wozu brauche ich denn diesen alten Sack?

- Mit seiner Hilfe wirst du immer satt und gut angezogen sein, - Anna klingelt in eine Glocke für Bedienstete. Michey kommt herein. Nachdem ihr Söhnchen angezogen und zwei Mal gefüttert ist, verlassen alle das Schloss. Der Vater ist bereits auf der Straße und hat alle Hände voll zu tun. Er überprüft persönlich, ob die Kutsche in Ordnung ist und ob die Pferde in einer guten Verfassung sind. Stefano und Michey verabschieden sich von allen und steigen in die Kutsche ein. Janusch macht eigenhändig die Kutschentür zu und schreit zum Abschied:

- Und vergiss nicht. Wenn du ohne meine Erlaubnis irgendwo heiraten solltest, dann werde ich dich enterben!

Kapitel 1

Venedig im Jahre 1629. Der Frühling ist gekommen. Die Natur ist aus ihrem Winterschlaf aufgewacht. Die duftenden Bäume haben die Luft mit ihrem Aroma gefüllt. Dieser Duft erweckt die Leidenschaft, diese alles betäubende Lust.

Zu dieser Zeit hatte Elia bereits das zarte Alter von siebzehn Jahren erreicht. Mit ihrer Schönheit könnte sie leicht mit Blumen konkurrieren. In ihren hellbraunen Augen spiegelte sich das Sonnenlicht. Ihre Lippen waren so einfühlsam und ihr Körper war so elastisch, dass es einem vorkam, als ob sie die Grazie einer Katze in sich trug.

Elia war das einzige Kind in der Familie eines venezianischen Arztes, der Matteo hieß. Die Arbeit des Mediziners zwang den Vater des Mädchens viel Zeit unter Menschen und außerhalb von zu Hause zu verbringen, aber er kehrte jedes Mal sehr gerne nach Hause zurück. Das Haus, in dem sie wohnten befand sich im Herzen von Venedig – im San Marcoviertel. Elia könnte stundenlang vor dem Fenster sitzen, das Meer betrachten und beobachten, wie das Wasserelement bei verschiedenen Wetterkapriolen seine Gestalt verändern kann.

Die Familie wachte mit den ersten Sonnenstrahlen auf. Sie würden liebend gerne noch etwas im Bett liegen bleiben, aber die Hausarbeit machte sich nicht von alleine, sie musste immer erledigt werden. Außerdem beauftragte der Vater seine Frauen oft, Mixturen für Kranke nach einfachen Rezepten herzustellen.

Einmal wollte Elia nachschauen, ob das Küken aus dem Taubenei bereits geschlüpft ist. Dieses Ei lag in einem

Nest, welches sich zwischen dem Blumenkasten und dem Fenster befand. Nachdem sie die Fensterläden weit geöffnet hatte, sah sie einen jungen Mann, der gerade an ihrem Haus vorbeiging. Sogar von dieser Entfernung könnte man, erkennen, dass er sehr schön ist. Er hatte eine gerade Nase, grüne aussagekräftige Augen, prächtige dunkle Haare und sein geschmackvoller Anzug unterstrich die Vorzüge seiner formschönen Gestalt. Er war anscheinend sehr reich. Denn so kleideten sich nur Menschen, die viel Geld und viele gute Beziehungen hatten. Elia vergaß sofort das Küken, das tatsächlich bereits ausgeschlüpft war, pflückte eine Blume und führte diese zu ihrer Nase. Als sie der Schönling hinterher schaute, kam Elia zum ersten Mal der Gedanke in ihrem Kopf, dass sie mit ihm zusammen sein wollte. Seit diesem Tag erinnerte sie sich oft an ihn. Einmal zog sie sogar den Zorn ihres Vaters deswegen auf sich. Als sie nämlich beim Träumen ein Gefäß mit Blutegeln fallen ließ. Elia kam erst zu sich, als Matteo sie laut beschimpfte und anbrüllte. Die Tochter antwortete damals nichts ihrem Vater, weil sie wusste, dass die Leiden seiner Kranken ihn nie in Ruhe ließen und ihn ständig mental verfolgten. Selbst im Traum schrie er oft aus Machtlosigkeit, als seine ehemaligen Patienten, denen er nicht helfen konnte, ihm bereits aus dem Himmel anlächelten. Elias Vater träumte von einem Medikament, welches die Leute von ihrem Schmerz befreien würde. Matteo mischte verschiedene Kräutertinkturen und experimentierte dabei mit verschiedensten Komponenten aus Naturstoffen.
Er hoffte auf ein Wunder. Und jedes Mal wurde die Hoffnung zuerst aufs Neue geboren, nur um zusammen mit dem nächsten Kranken wieder zu sterben. Matteo fürchtete sich am meisten vor Epidemien. Er erinnerte

8

sich mit Schrecken an die Erzählung eines Menschen, der die Pest in den Jahren 1575-77 überlebt hatte. Diesem Menschen war es nur wie durch ein Wunder gelungen, dem traurigen Schicksal der meisten seiner Mitbürger zu entkommen. Er erzählte, dass viele von ihnen sich noch am Morgen in einer ausgezeichneten gesundheitlichen Verfassung befinden konnten, und am nächsten Tag lagen sie bereits leblos in einer stickigen Grube, neben den anderen Unglücksseligen.

Matteo liebte seine Familie und versuchte von ihr alle Sorgen fernzuhalten. Seine Frau und seine Tochter waren für ihn das Wichtigste auf der ganzen Welt, weil er außer ihnen überhaupt keine Verwandten mehr hatte. Wenn man natürlich seinen Ziehvater und Lehrer nicht mitzählt, den Matteo immer als ein Geschenk des Schicksals ansah. Matteo verdankte ihm alles, was er hatte. Sein eigenes Leben gehört auch dazu. Matteo traf seinen zukünftigen Lehrer das erste Mal im Alter von neun Jahren. Damals hatte er auf einen Schlag seine Mutter verloren – eine venezianische Kurtisane, die an Syphilis gestorben war – und einen neuen Vater gefunden, der ein fremdes Kind, wie sein eigenes liebte. Wer war denn dieser Retter, den Matteo vergötterte?

Er wurde im Jahre 1561 in Venedig geboren und hatte eine medizinische Ausbildung an der Universität erhalten. Weil die Universität von Padua zu der Zeit als die populärste galt, wegen der Berühmtheiten, die dort unterrichteten, setzte Santorio – so hieß Matteos Retter – seine Ausbildung dort fort. In Padua wurde ihm im Jahre 1582 der Doktortitel verliehen. Galileo Galilei, der an der Universität von Padua Professor war und Mathematik unterrichtete, wurde zu Santorios Vorbild. Es war ausgerechnet er, der in Santorio die Leidenschaft zu den Himmels-

körpern und den fernen Sternen entfacht hatte. Nachdem
der frischgebackene Doktor sich von seinem Lehrer ver-
abschiedet hatte, kehrte er in seine Heimatstadt zurück
und begann in Venedig seine medizinische Tätigkeit aus-
zuüben. Einmal wurde Santorio von einem wohlhabenden
Senior gerufen, dieser flehte ihn an, mit Tränen in den
Augen, das Leben seiner Geliebten zu retten. Leider ge-
lang es Santorio nicht, die Frau zum Leben zu erwecken,
sie starb vor seinen Augen. Der Geliebte raufte sich voller Leid die Haare und rannte weg. Dabei überließ der
Senior dem Doktor nicht nur die Leiche seiner eben gerade verstorbenen Geliebten, sondern auch einen untröstli-
chen Jungen, der den Leichnam der Mutter beweinte.
Die riesigen hellbraunen Augen des Kindes, in denen
Klugheit und Wissbegierde zu sehen waren, ließen
Matteos Herz vor Mitleid und Erbarmen nicht kalt – genau in diesem Moment hatte er einen Sohn und Schüler
gefunden, der nie in seinem Leben Santorio einen Grund
dazu gab, seine Entscheidung zur Adaption zu bereuen.
Auf diese Weise hatte Matteo überhaupt keine andere
Wahl, das Schicksal hatte für ihn den Beruf ausgewählt.
Zum Glück hatte er keinen Grund dazu, auf das Fatum
beleidigt zu sein. Der Teenager erwies sich als ein fleißi-
ger Schüler, so dass sein Lehrer sehr zufrieden mit ihm
war. Sechs Jahre später stand neben Santorio ein fast
fertiger Arzt, der sehnsüchtig darauf bestrebt war, sein
Wissen irgendwo anwenden zu können. Daraufhin
schickte Santorio den jungen Mann dorthin, wo er seiner
Zeit selber lernte, nämlich an die Universität von Padua.
Das Schicksal hatte es auch weiter gut mit Matteo ge-
meint. Er hat alle Abschlussprüfungen erfolgreich be-
standen und erlangte so den gewünschten Titel. Im Jahre
1611 hatten sich die Wege des Lehrers und des Schülers

für eine kurze Zeit in Padua gekreuzt, weil man Santotio an die Universität eingeladen hat, damit er dort Medizin unterrichtet. Danach kehrte Matteo nach Venedig zurück und mietete sich ein Zimmer im Haus eines Herren, der eine bezaubernde Tochter hatte. Ein Monat reichte Matteo, um sich in sie zu verlieben und ihr einen Heiratsantrag zu machen. So trat seine geliebte Bianca in das Leben von Matteo.

Die Karriere des Doktors nahm eine rasante Entwicklung. Bereits ein halbes Jahr später, konnte sich die Familie ihre eigene Wohnung leisten und im Frühjahr des nächsten Jahres kam ein Geschöpf auf die Welt, welches die ganzen Gedanken der jungen Eltern sofort auf sich vereinte.

Kapitel 2

Elia gefiel ihr Zimmer. Es war zwar winzigklein, aber dafür sehr gemütlich. Das Zimmer war für sie, wie ein Schneckenhaus für die Schnecke – man könnte sich dorthin immer prima verstecken und dann kam es einem so vor, als ob man nie gefunden oder gestört wird. Das Mädchen litt häufig an Schwermut, dabei wusste sie nicht, woher dieses Gefühl kam, und wohin es verschwand. In solchen Momenten sperrte sie sich in ihrem Zimmer ein und weinte. Irgendetwas Unbegreifliches ließ ihr einfach keine Ruhe. Als ob sie ahnen würde, dass sie keine Hoffnungen auf eine gute Zukunft hat. Wenn das seltsame Gefühl sie wieder losließ, dann gefiel der jungen Herrin das Zimmer noch stärker, die Sonne schien noch greller zu scheinen als gewöhnlich und die Vögel sangen anscheinend auch nur für sie. So war es auch heute. Nachdem sie wie immer ein wenig geweint hatte, hörte Elia, wie die Eingangstür geöffnet wurde. Danach sah sie auf der Schwelle ihres Hauses eine junge Frau stehen. Sie war ungefähr zwanzig Jahre alt, vielleicht sogar etwas jünger. Sie war recht hübsch, vor allem ihre zarten Gesichtszüge machten sofort auf sich aufmerksam. Aber in ihrem Blick könnte man viel Leid erkennen.

„Wahrscheinlich ist sie krank", - dachte Elia.

Nachdem sie ihren Vater gerufen hatte, nutzte Elia den günstigen Augenblick und lief unbemerkt auf die Straße. Ganz in Sonnenstrahlen gehüllt lief Elia zum Stadtmarkt. Um dorthin gelangen zu können, musste man in Richtung des großen Kanals gehen. Der größte Kanal, der in Venedig Kanal Grande genannt wurde, teilte die Stadt in zwei Teile, welche durch eine Brücke miteinander verbunden waren. Die Brück trug den Namen Rialto.

Es war Mittag... Die Luft war mit einem komischen Gemisch von verschiedenen Gerüchen der Früchte, des Muskats und von Fisch gefüllt. Zu dieser Zeit machten sich die meisten Fischer bereits auf den Rückweg. Die Ware war verkauft, der Gewinn in Form von Dukaten bereits gezählt. Die Verkäufer, die allerdings Pech hatten, mussten ihre Ware umsonst loswerden. Für alle Bettler war es eine große Freude.

Elia ging an den Warenständen mit Feigen, Zimt und anderen Gewürzen, die aus dem fernen Indien hergebracht wurden, vorbei und dachte wie schön dieses Land sein müsste, wenn es solche erlesenen Früchte hervorbringt. Nachdem sie sich einem Juweliergeschäft genähert hatte, begann Elia mit Begeisterung den Damenschmuck zu betrachten. In diesem Laden konnte man Erzeugnisse aus Edelsteinen und sogar Diamanten erwer-

ben, die ebenfalls aus Indien stammen. Ein Schmuckstück war schöner, als das andere. Aber was ist das? Eine
elegante Schlange schaute direkt auf sie. Dabei handelte
es sich um ein wunderschönes Kollier und es war einer
echten Schlange so ähnlich, dass Elia den Eindruck hatte,
dass sie in jeder Sekunde nach unten gleiten, und unter
die Theke huschen könnte. Dieses Schmuckstück wurde
anscheinend von einem geschickten Kunsthandwerker
hergestellt. Die Steine waren winzigklein und waren so
angebracht, dass es einem vorkam, als ob man wirklich
die Haut einer sich bewegenden und kriechenden Schlange sehen würde. Aber noch mehr haben Elia die Augen
der Schlange beeindruckt... sie waren grün und so aus-
drucksvoll, dass sie wie lebendig wirkten.
Unter dem Eindruck des Blickes der Schlangenaugen, die
aus Smaragden hergestellt waren, ging Elia entlang den
Warenständen immer weiter und weiter. Mittlerweile
hatte sie das Ende des Marktes erreicht und ihn bereits
verlassen, aber das Mädchen ging in eine unbekannte
Richtung immer weiter. Wohin? Es war unwichtig, man
hatte den Eindruck, als ob sie die Schlangenaugen führen
würden.
Elia fand sich bald neben einem Gebäude mit wunderschönen Fresken wieder. Das Mädchen begriff sofort, wo
sie sich befand. Sie war hier schon früher mehrmals zusammen mit ihrem Vater zu Besuch. Er erklärte ihr, dass
hier ein privilegierter Ort für Handelsleute aus deutsch-
sprachigen Ländern ist, welche das Heilige Römische
Reich umfasste. Fondaco war ein Finanzzentrum und ein
Treffpunkt für Handwerker und Künstler. Die Fresken,
welche Elia so gerne betrachtete, waren auf der Fassade
vor hundert Jahren entstanden, nachdem Fondaco nach
einem Brand mit Beteiligung des jungen Tizian völlig

neu aufgebaut worden ist. Aus den offenen Türen des Gebäudes erschien eine Männergruppe, welche sich auf Italienisch miteinander unterhielt, allerdings mit einem Akzent.

- Der Weg war schwierig und mühsam. Ich habe mich davon noch immer nicht ganz erholt.
- Lass uns was Trinken gehen.
- Ich würde mich lieber schlafen legen.
- Schlafen kannst du auch hinterher.
- Und ich habe Hunger.
- Wo ist das Problem. Ich lade dich ein!

Elia fühlte sich so, als ob sie wie in Erde eingewurzelt war. Wie gerne würde sie in diesem Augenblick unsichtbar sein. Und alles bloß deswegen, weil sie unter den Fremden Ihn erblickt hatte. Er ging so nah an ihr vorbei, dass sie seinen Geruch spüren könnte, der ihre Gefühle aufs Neue stark erregte. Sie sank zu Boden. Dabei konnte sie sich etwas mit ihren Händen an einem Baum abstützen, der hinter ihr wuchs. Sie zitterte am ganzen Körper. Ringsum wurde es sofort dunkel zuerst fielen ein Paar große Tropfen auf die Erde, eine Minute später gab es einen heftigen Platzregen. Die Äste der Bäume wurden durch die schweren Wassermassen nach unten gebeugt. Elia rante los. Die ganze Stadt war der Naturgewalt des Wassers völlig ausgeliefert. Man hatte den Eindruck, als ob das Wasser überall war. Die Straßen haben sich im Nu geleert, die Tauben versteckten sich unter die Dächer, die Blumen versteckten sich in ihre Knospen und nur die Bäche flossen nun rasant und konkurrierten dabei mit den Kanälen.

Die Glocken von San Marco läuteten zur Mitternacht, die Finsternis herrschte nun über Körper und Seelen. Der König der Nacht – der Mond, badete in den adriatischen

Gewässern. Elia hatte ihren Kopf in ein Kissen gedrückt und versuchte zu verstehen, was mit ihr gerade geschieht. Ein bisher unbekanntes Gefühl ließ dem Mädchen keine Ruhe, es übernahm die Herrschaft über ihren Körper gegen ihren Willen. Sie legte eine Hand unter ihren Kopf und die andere auf ihren Busen – so lag sie lange da, völlig aufgelöst in der Dunkelheit.

Kapitel 3

Der Sommer kam ganz schnell. Man hatte den Eindruck, als ob die Sonne versuchen würde das Wasser aus den Kanälen zu verdunsten. Aus den Kanälen stieg ein nicht ganz so angenehmer Geruch hoch. Aber das war wohl der einzige Nachteil an der Hitze. Alles Lebende freute sich über die grellen Sonnenstrahlen. Das Grün wuchs ganz üppig, auf den Bäumen begannen sich erste Früchte zu bilden.

Die Bürger versuchten alles zu trocknen, was wegen der großen Feuchtigkeit über Winter vom Schimmel befallen wurde. Dabei stellten sie sich selber gerne unter die Sonne. Es gab in der ganzen Stadt keine Ecke, an welche die Sonnenstrahlen nicht gelangen konnten.

Elia schnürte die Kulisse auf ihrem Kleid, welches sie von ihrem Vater geschenkt bekommen hatte, etwas enger so dass ein schöner Ausschnitt entstanden war. In diesem Kleid fühlte sie sich, wie eine echte Königin. Das Kleid war dunkellila mit einer schwarzen Umrandung und die weiße Farbe ihres Unterhemds half dabei, ihre aussagekräftigen hellbraunen Augen zu unterstreichen. Ihr Spiegelbild war so entzückend, dass es bei Elia ein Lächeln aufs Gesicht zauberte. Ein schönes Mädchen mit goldenen Haaren schaute sie aus dem Spiegel an. Es gab eine Zeit, da waren Frauen, die modisch sein wollten dazu bereit, für so eine Haarfarbe ihre Seelen dem Teufel zu verkaufen. Das war die Epoche der Renaissance, in der die modisch bewussten Frauen ihre Haare mit Kamillentee wuschen und danach stundenlang unter glühend heißer Sonne saßen und dadurch versuchten die gewünschte Färbung zu bekommen. Die Frauen, die das ersehnte Resultat erreicht hatten, waren zufrieden, den Pechvögeln unter ihnen blieb nichts anderes übrig, als zusätzliche Maßnahmen zu treffen: Dazu benutzten sie Safran und ein Gemisch aus Schwefel, Alaun und Honig. Alle diese Tricks waren nicht ganz harmlos, weil man dadurch am Ende auch ganz ohne Haare bleiben konnte. Später brach dann die Zeit der spanischen Mode an, danach der Barockstill, als die modebewussten Frauen lernen mussten „ganze Türme auf dem Kopf zu tragen". Dabei muss man anmerken, dass die Italiener viel Zeit brauchten, um sich an die neue Mode zu gewöhnen. Die Menschen gaben viel lieber einer tief verwurzelten Einfachheit und grellen Farben den Vorzug.

Nachdem sie den Kamm und den Spiegel zurück in den Schrank gelegt hatte, stieg Elia in die Küche herunter, wo auf sie ihr Frühstück wartete. Bianca sah sehr müde aus, unter ihren Augen haben sich dunkle Ringe gebildet. Die Frau hatte die ganze Nacht nicht geschlafen, weil sie auf ihren Mann wartete, aber Matteo war bis jetzt noch nicht wieder aufgetaucht. Die nächtlichen Stunden, die Bianca mit Warten verbrachte, kamen ihr ewig vor. So war es immer. Solange ihr Mann in der Nähe war, oder nur für eine kurze Zeit wegging, bleib Bianca ruhig. Aber sobald Matteo für eine längere Zeit verschwunden war und kein

16

ELIA

Lebenszeichen von sich gab, gingen ihr jedes Mal schlimme Gedanken durch den Kopf. Diese Angst um ihn machten Bianca enorm zu schaffen. So war es auch diesmal, während Bianca die Schuppen von einem riesigen Fisch runterkratzte dachte sie: „Wo bleibt er nur?" Auf die Tochter hatte die Abwesenheit des Vaters keine Wirkung, sie begann mit Appetit zu essen. Heute war sie enorm aufgeregt, so wie eigentlich immer in letzter Zeit. Nachdem sie ihre Mutter geküsst hatte, lief Elia zu sich nach oben. Bianca schaute währenddessen aus dem Fenster. Draußen waren drei raufende Jungen zu sehen. Sie versuchten eine große Muschel auf zu teilen, die sich aber dummer Weise in drei Teile nicht trennen ließ. Bianca salzte den Fisch, damit er schön geräuchert wird. Die Hausfrau bereitete sich für ein Fest vor. Noch drei Wochen blieben bis zum dritten Julisonntag. Es war gleichzeitig ein lustiger und trauriger Feiertag. Ein trauriger, weil er als eine Erinnerung an die Quallen und an die abrupt endenden Menschenleben war, die auf eine so absurde Weise ihren Lebensweg beendet hatten. So wurde dieses Fest von denjenigen wahrgenommen, in deren Erinnerung sich die Höllenpest bis an ihr Lebensende eingebrannt hatte. Für die Mehrheit derjenigen, welche von dieser Tragödie nicht betroffen waren, war es nur ein Fest, das in einer ganzen Reihe von anderen traditionellen Festen stand, als bereits am Samstag die Vorbereitungen dazu anfingen. An solchen Tagen wurden entlang des Giudecca Kanals Tische aufgestellt, auf denen später Unmengen von Essen und Trinken auftauchten. Biancas schlimme Gedanken wurden durch die Rückkehr ihres Mannes unterbrochen. Er strahlte förmlich vor Glück. Bianca hatte ihren Geliebten in all den Jahren ihres gemeinsamen Zusammenlebens gut studiert:

18

Wahrscheinlich war es ihm in der letzten Nacht gelungen, zum wiederholten Mal ein Menschenleben zu retten. Matteo umarmte Bianca, hob sie hoch und alles begann sich zu drehen: der Fisch, Bianca und der zufriedene Matteo.

Kapitel 4

Ein Lebensabschnitt ist durchlebt,

Wunderbare Träume und Ängste,

alles wurde in den Jahrhunderten eingeprägt.

Auch Wahnvorstellungen sind in den Jahrhunderten geblieben,

Zusammen mit der Trauer der Träume und irrenden Schatten,

Alles atmet neu...

Das Schicksal ist längst mit deiner Hand geschrieben,

die das Brot gibt.

Ein Lebensabschnitt ist durchlebt,

alles ist auf der Waage des Gleichgewichts längst gewogen.

Unsere Propheten, unsere Motivationen,

Und Laute der abgedruckten Worte.

Alles atmet neu...

Das Schicksal ist längst durch deine Hand in Eisen gelegt,

die das Licht schenkt.

Nein, wir werden nichts verändern

Nichts mehr in der Vergangenheit, nein!

Stefano war ein richtiger Glückspilz: er war reich und schön. Was braucht sonst noch ein junger Mann in dieser Welt? Die Eltern liebten ihn über alles, wie konnte es anders sein, schließlich war er ihr einziger Sohn und noch dazu der Erbe eines reichen Vermögens, welches in seinem Geschlecht schon mehrere Jahrhundert lang von Generation zu Generation weitergegeben wurde. Ja, er hatte alles, außer... einem Herzen. Natürlich hatte er seine eigene Vorstellung über diese Welt, aber leider stimmte sein Verständnis der Regeln nicht immer mit den Gesetzen, die auf der Erde existierten, überein.

Die Jahre, die er in Deutschland und Frankreich verbracht hatte, waren wie ein flüchtiger Traum verflogen, aber sie gingen nicht umsonst und nutzlos an ihm vorüber. Der zwanzig jährige Dandy, der vier verschiedene Sprachen beherrschte, war nun auf dem Weg, um Italien zu erobern. Venedig war immer sein Traum. Er könnte stundenlang Erzählungen über diese Stadt hören und er träumte von wunderschönen Venezianerinnen sowohl am Tag, als auch in der Nacht.

Die Stadt empfing den jungen Dandy mit offenen Armen und das Bargeld in seiner Brieftasche brachte seine neuen Bekannten in Entzückung. Stefano sprach fließend auf Italienisch, was ebenfalls zu guter Reputation in hohen Kreisen beitrug. Nun lernte Stefano das Leben so zu genießen, wie es nur die Italiener konnten. Der junge Mann hatte die ersten Lehrstunden in diesem „Fach" bereits in Frankreich absolviert, wo er gelernt hatte, sich schön zu kleiden und sich in einem für sich am meisten vorteilhaften Licht zu präsentieren.

Gourmet-Essen und Frauen haben seinen Geschmack so abwechslungsreich gemacht, dass er sich sogar etwas übersättigt fühlte. Die Italiener haben in Stefanos Leben neue Geschmäcker und Sinneswahrnehmungen gebracht. Sie waren noch feiner, als die, welche er vorher bereits kannte. Man hatte den Eindruck, als ob er dazu erschaffen wurde, um in sich zuerst Wünsche zu entfachen und dann seine Bedürfnisse zu befriedigen. Er selber hat ernsthaft angefangen zu glauben, dass es sich nur für so etwas zu leben lohnt. Ein perfekter Körper, bei dessen Berührung Frauen begeistert waren, ein schönes Gesicht und Haare – solche Kombination tarnte gut sein kaltes Herz, welches die wahre Liebe nie gekannt hatte.

Stefano gefiel es sehr, sich mit den Handelsleuten zu unterhalten. Sie waren zwar keine raffinierten Aristokraten, dafür war in ihnen viel vom richtigen und wahren Leben. Sie liebten es zu reisen und erzählten fantastische Geschichten über ihre Abenteuer. Sie brachten aus den Überseeländern solche wundersamen Gegenstände, welche viele gerne besitzen würden und davon auch oft träumten.

Stefano verbrachte in Fondaco den größten Teil seiner Zeit. Der Grund dafür lag nicht nur in schönen Gegenständen und Frauen, sondern auch natürlich in Vergnügungsmöglichkeiten, denen sich seine lustigen Freunde gerne hingaben.

Kapitel 5

- Stefano, schau, was wir heute gekauft haben, - Franco, ein Kumpel von Stefano hielt in seiner Hand ein schlangenförmiges Kollier.

- Stefano, der in diesem Augenblick gerade eine Kurtisane geküsst hatte, ließ kurz von seiner Beschäftigung ab.

- Verkaufe es mir! – ein unerklärliches Gefühl überkam ihn. Die grünen Schlangenaugen durchdrangen tief ins Seeleninnere, man hatte das Gefühl, als ob sie etwas wussten, wovon er keine Ahnung hat.

Die Kurtisane hatte anscheinend gedacht, dass der Augenblick der Abrechnung für ihre Dienste gekommen war, deshalb riss sie das Kollier aus Francos Händen und legte das Schmuckstück an ihren Hals an.

- Gib her! Es gehört mir, - Stefano nahm die Halskette mit Gewalt an sich.

- Wenn du dafür bezahlst...

Stefano drückte das Geld in die Hände seines Freundes.

- Wau! – Franco hatte mit so einer Großzügigkeit nicht gerechnet.

- Lass uns tanzen gehen, - nörgelte die Kurtisane herum, während Stefano das Kollier in eine Geheimtasche verstaute. Und als sie merkte, dass Stefano auf eine schöne dunkelhaarige Unbekannte starrte, die gerade im Saal aufgetaucht war, versuchte sie seine männliche Aufmerksamkeit mit einem Kuss abzulenken.

- Wer ist das? – fragte Stefano bei Andre nach. Er war hier ortsansässig und kannte deshalb natürlich alle Anwesenden.

- Patricia, - antwortete Andre.

- Ich hörte, dass sie unersättlich ist, - mischte sich Franco in die Unterhaltung der Freunde ein.

- Dann wird sie die meine sein, - Stefano schubste dabei die ihm mittlerweile lästig gewordene Kurtisane weg.

- Und was ist mit mir? – gab sich diese beleidigt.

- Wenn du willst, dann kannst du mit mir gehen, - schlug der gutmütige Franco der Prostituierten vor.

- Warum sollte ich! – die Kurtisane blies schmollend ihre Lippen auf.

- Scher dich weg! – Franco schubste die Frau so stark von sich, dass sie fast hingefallen wäre.

- Mach mich mit Patricia bekannt, - flehte Stefano zur selben Zeit seinen Freund an.

- Wenn sie Lust dazu hat, - antwortete Franco. – Mich hat sie bereits am zweiten Tag unserer Bekanntschaft verstoßen.

- Und mich hat sie sofort abgelehnt, - sagte Andre mit Wut im Bauch.

- Ich will sie!

- Na dann, nimm sie doch! – Franco wettete sogar mit Andre, dass Patricia mit Stefano nicht gehen wird. Als Wetteinsatz diente ein modischer Hut, den Andre erst kürzlich aus Paris mitgebracht hatte.

Stefano hat sich entschlossen selber sein Glück zu versuchen, er näherte sich Patricia und schlug ihr vor, ihre Bekanntschaft zu vertiefen.

Die Schöne hisste sofort und kampflos die weiße Flagge. Sie hatte nichts dagegen, sich mit Stefanos Geldbeutel anzufreunden.

- Zuerst ein Kuss, - Stefano war so unverschämt, dass er sofort zu verhandeln begann. Patricia drehte sich vom selbstsicheren Kavalier ab und rannte auf die Straße.

Stefano blieb nichts anderes übrig, als ihr zu hinterher zu eilen. Franco und Andre folgten ihm.

„Heute, oder nie!" – dachte währenddessen ihr Kumpel. Stefano wusste was seine Schönheit und seine Verführungskunst bewerkstelligen können...

Der Wind zerzauste ihr dunkles Haar. Ihr Lachen störte die Finsternis der Nacht. Das Wasserplanschen der Gondel in der sie waren verfloss mit dem Timbre der Stimme und die halb entblößte Brust lockte mit ihrer Weißen. Stefano konnte nicht länger auf einen abgelegenen Platz für die Befriedigung seiner Lust warten, seine Hände fuhren die feuchten Beine entlang...

Kapitel 6

Am nächsten Morgen betrachtete Stefano das erworbene Schmuckstück, während ihm noch im Bett lag:

„Ich kann meinen Augen nicht trauen! Ist so eine Vollkommenheit überhaupt möglich?"

Stefano hatte ja keine Ahnung, dass diese grünen Augen – das Schicksal für ihn vorbereitet hatte. Wir können uns ja auch gar nicht vorstellen, dass unsere Schicksale in Jahrhunderten eingeprägt und abgedruckt sind, wie Zeilen in einem Buch.

Nachdem er das Kollier in ein Seidentuch gehüllt hatte, auf dem seine Initialen gestickt waren und es an einem geheimen Ort versteckt hatte, damit ihn niemand finden konnte, versuchte Stefano wieder einzuschlafen. Morgens fühlte er sich nicht so gut, der am vorigen Tag in Unmengen getrunkener Wein und das wilde Sexleben machten sich in solchen Augenblicken bemerkbar. Nachdem er noch eine Stunde im Bett verbracht hatte, war Stefano gezwungen am Ende trotzdem aufzustehen und mit Hilfe seines Dieners die morgendliche Anziehungszeremonie über sich ergehen zu lassen. Ohne ihn könnte Stefano gar nichts erledigen, alles war so kompliziert.

- Heute werde ich den roten Anzug anziehen.

Was danach folgte wusste der Diener aus dem Stegreif: senfgelbe Strümpfe und Schuhe; ein schneeweißer Spitzenkragen; Manschetten auf Ärmel und Hosenbeine, die ebenfalls mit einer senfgelben Borte getrimmt waren und um die Krone diesem allem aufzusetzen – ein schwarzer Hut mit großen roten Federn.

- Sie sehen einfach wunderschön aus! – sprach der Diener aus, während er das Spiegelbild seines Herrn bewunderte. Stefano beantwortete dieses Kompliment mit einem kurzen Nicken.

- Ich werde etwas in der Stadt spazieren gehen, - sagte er zu Michey, sobald er sein Frühstück auf einer Silberschale gesehen hatte. In diesem Augenblick hatte er überhaupt keine Lust zu frühstücken. Das gestrige Essen lag ihm noch schwer im Magen. Stefano hat es immer noch nicht richtig verdaut.

Sobald Stefano frische Luft einatmen konnte, ging es ihm sofort besser. Das Leben erschien ihm wieder verlockend. Vor seinen Augen fingen die Vögel mit lautem Zwitschern eine Rauferei an. Ein Hund lief vorbei, man könnte sehen, dass er etwas in seinem Maul trug. Wahrscheinlich handelte es sich dabei um einen Fisch, der sich anscheinend an einem für den Hund leichtzugänglichen Ort befand.

Stefano fand sich schon bald auf einer ihm völlig unbekannten Straße wieder. Die Häuser auf dieser Straße gefielen ihm besonders gut, weil ein Teil der Zimmer mit

Meeresblick war und der andere Teil eine gute Sicht über die malerischen Ecken der Stadt offenbarte. Und solche Blumen hat er noch nie in seinem Leben vorher gesehen: scharlachrote Blütenblätter wurden von der Sonne durchleuchtet, so dass man beobachten könnte, wie das Leben durch die Blumengefäße fließt. Ein fester, dichter und starker Stängel mit langen Blättern...

Während Stefano die sonderbaren Blumen beobachtete, wurde die Haustür geöffnet und ein Mann mittleren Alters machte sich auf den Weg zu ihm. Ja, es war unser Matteo, der aus dem Fenster den Fremden bemerkt hatte. Er hatte den Eindruck, als ob dieser unentschlossen vor ihrem Haus stehen geblieben war.

- Ist Ihnen schlecht? – fragte der Doktor.

- Nein, - antwortete Stefano. – Ich fühle mich blendend. Mir haben Ihre Blumen sehr gefallen.

- Das sind Tulpen. Diese Überseeblume nimmt ihren Ursprung im fernen Asien. Einmal hat man dem türkischen Khan ein Geschenk überbracht. Um genau zu sein, handelte es sich dabei nicht um die Blume, sondern lediglich um eine Tulpenzwiebel, aus der sie erwächst. Danach gelangte die Tulpenzwiebel nach Holland, wo sie den Händlern großen Gewinn brachte. Und was mich angeht, so habe ich diese Blume als ein Geschenk bekommen, nachdem ich einen holländischen Händler geheilt hatte. Die Stimmen auf der Straße erweckten Elias Interesse.

„Mit wem spricht denn mein Vater?" Nachdem sie aus dem Fenster geschaut hatte, war das Mädchen sprachlos. Neben dem Vater stand derjenige, der ihr so gefiel. In letzter Zeit träumte sie nur von ihm. Nun wusste sie sogar etwas über seine Vorlieben. Eigentlich fand sie persönlich eher an anderen Blumen Gefallen – wegen ihres

26

Aromas und ihrer Schönheit, aber ab dem heutigen Tag begann Elia sich besonders um die Tulpen zu kümmern. Man hatte den Eindruck, als ob sie von ihnen die Liebe zu stellen versuchte, die leider nicht ihr gehörte.

Kapitel 7

Das Wasser kommt und bleibt. Die Venezianer kennen dieses Element besonders gut... Manchmal hat man keine Lust und Kraft mehr diese Nachbarschaft weiter zu ertragen, aber man ist gezwungen eine sehr lange Zeit in der Nähe des Wassers zu existieren.

Matteo stand auf dem Meeresufer und beobachtete, wie das Wasser sich seinen Füßen nähert.

Das Wasser versuchte seine Füße zu erreichen, schaffte es aber nicht und floss ab, ohne sie zu berühren. Matteos Gedanken kamen wie die Wellen einer nach dem anderen und versuchten in sein Gehirn und seine Seele einzudringen.

Matteo dachte an seine Universitätskollegen, ob sie geschafft haben das zu erreichen, wovon sie, als sie selber noch Stunden waren geträumt hatten? Oder lösten sich ihre Träume in nichts auf, zusammen mit der Zeit, in der sie es geträumt hatten. Denn jetzt war die Zeit der wissenschaftlichen Revolution gekommen, als die Menschen es satt waren nach dem „Warum?" zu fragen. Stattdessen war nun die Frage „Wie?" ganz aktuell.

Wissenschaftler und Ärzte wendeten dabei immer öfters Experimente an. Das waren im Grunde erste unsichere Schritte zur rasanten Entwicklung der Medizin in der Zukunft. Neue Ideen waren entstanden, Versuche die vorher erfolglos blieben, gelangen jetzt. Das alles gefiel Matteo, er liebte die Zeit, in der er lebte. Eine große Wissensgier trieb ihn ständig voran. Eine große Menschenliebe und ein unermessliches Mitleid zu ihren Nöten. Außerdem halfen ihm die „verrückten Ideen" dabei ein schnelleres Ergebnis seiner Behandlungen zu erreichen. Zum Glück wich der Obskurantismus allmählich und machte Platz für damals unfassbare Innovationen, die oft nicht von allen Wissenschaftlern akzeptiert wurden. Wissenschaftler und Ärzte hatten es in dieser Zeit nicht leicht, manchmal könnte eine neue Idee ihnen ihr Leben kosten. Aber nichtsdestotrotz fanden sich immer wieder Mitstreiter, die mit Willen und Talent ihren Weg zum Progress in der Wissenschaft machten und vorantrieben. Leider war der dafür nötige Weg so lang und der Kraftaufwand dafür so groß, dass nicht jeder es wagte, diesen Weg einzuschlagen.

Matteo hatte gar nicht gemerkt, dass es schon dunkler wurde. Der Hunger zwang ihn von seinen Gedanken abzukehren und nach Hause zu gehen. Jetzt könnte er zu den Menschen zurückkehren. Das Meer hat seinen Schmerz mit ihm geteilt und hat in die leidende Seele neue Kräfte eingehaucht. Die Wellen haben seine Sorgen und seinen Kummer weggespült und sie im Meerschaum aufgelöst. Die hellbraunen Augen von Matteo strahlten wieder Liebe aus, die den Menschen weiterhalf.

Nachdem sie gemeinsam zu Abend gegessen hatten und ihre Pläne für Morgen besprochen hatten, zogen sich alle in verschiedene Zimmer zurück. Nachdem sie die Kerzen gelöscht hatten und endlich alleine waren, schmiegten sich Bianca und Matteo ganz eng aneinander...

Der Mann und die Frau erstarrten wegen der Gefühle, die sie gerade übermannten. Die Gondel bewegte sich

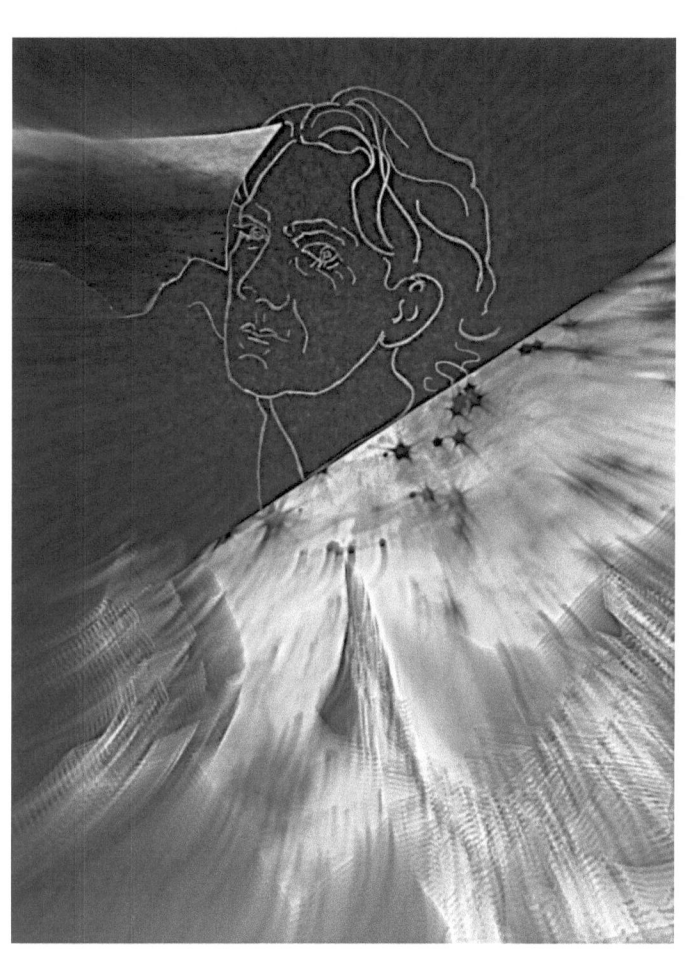

MATTEO

langsam auf dem engen Kanal, das Licht der Lampe, welches von ihr ausging, erleuchtete den Weg. Das Wasser wogte und zerfloss auseinander wegen der sich bewegenden Gondel. Das Licht fiel aufs Wasser – seine Blicke spiegelten sich sofort auf den Häuserwänden wieder. Manchmal lassen sich Beziehungen zwischen Menschen ganz leicht anfangen. So war es auch mit Stefano und Patricia geschehen. Sie fühlten sich sehr gut zusammen und zwar überall: im Bett, beim Mittagstisch oder während eines Spazierganges. Es war schwer ihr Verhältnis einem bestimmten Typus zuzuordnen. Freundschaftlich? Ja. Liebesverhältnis? Ja. Oder war es ein Schwester-Bruder Verhältnis? Ja, ja, ja. Sie waren sich sogar auf eine gewisse Art und Weise ähnlich. Dunkelhaarig, hatte fast dieselbe Höhe. Nur in der Herkunft unterschieden sie sich voneinander: er war adelig und sie war bloß eine einfache Kurtisane. Patricia saß auf Stefanos Schoss. Dort war es viel wärmer und dadurch lenkte sie die nächtliche Kälte nicht von den Liebesspielen ab. Noch eine Gondel folgte ihr. Mal kam sie näher, mal blieb sie etwas weiter weg. Manchmal unterhielten sich die Freunde und dann könnte man in den Häusern, an denen sie vorüber glitten ganz deutlich eine Männerunterhaltung hörcn.

- Franco, hör mal, hat dir mein neuer Fingerring gefallen? Sag schon? Ich hab ihn fast für umsonst bekommen. Wenn du willst, dann kann ich dich mit dem Juwelier bekannt machen, bei dem ich ihn mir ausgehandelt habe. Ja?

Es folgte keine Antwort darauf, Franco war sehr beschäftigt. Er könnte nicht antworten, der Kuss war viel zu süß. Man könnte nicht genau sagen, wohin die ganze Gruppe unterwegs war, denn sie hatten keine bestimmten Pläne für den heutigen Abend. Sie gehörten zu solcher Menschengattung, welche die Zeit nicht schätzt und alles sinnlos verschwendet, ohne die Vergänglichkeit der Zeit jemals zu bemerken.

- Und jetzt kommen alle mit zu mir! – Stefano lud alle von Herzen zu sich ein.

Die Gruppe stürmte in das Haus. Aber der Diener hatte gar nicht damit gerechnet. Michey könnte sich immer noch nicht daran gewöhnen, dass sein Herr ständig die Kurtisanen in sein Haus mitbrachte. Nun war er gezwungen die lauten Gäste die ganze Nacht zu bedienen.

Kapitel 8

Ich werde dorthin gehen, wo es keine Sonne gibt,

Vielleicht gibt es sie dort doch, aber wir wissen es nicht,

Aber dort gibt es ein wunderbares grelles Licht,

Und es wärmt unsere Seelen ganz gut auf.

Dort gibt es – Ruhe,

Das, was ich und du hier nicht haben,

Vielleicht aber auch nicht,

Denn wir können es ja nicht wissen...

Sobald Santorio die Schwelle des Markusdomes überschritten hatte, wurde er sofort von der Kühle eingehüllt, die von den Wänden der Kathedrale ausging. Diese Kühle kam einen wie ein Hauch der Ewigkeit vor. Die flimmernden Kerzen schenkten die Hoffnung auf Rettung.

Santorio setzte sich auf eine Bank, die nicht weit vom Eingang entfernt war und schloss seine Augen. Bald setzte sich zu ihm kurz ein Mann, übergab ihm einen Briefumschlag und ging danach sofort weg.

Die Welt der Wissenschaftler hat sich in zwei Lager auf gespalten. Auf der einen Seite waren die Anhänger von Galileo und auf der anderen alle, die dagegen waren. Dabei war es mehr, als nur eine einfache Theorielehre, wenn es im Stande war, die Welt in zwei Teile zu spalten. Die Errungenschaften von Aristoteles, Ptolemäus und Kopernikus lagen auf der Waagschale. Eine Schale – ein System, welches Aristoteles und Ptolemäus folgte und die Unterstützung der Kirche hatte.. Und eine andere, die dem Kopernikus folgte, die einen wichtigen Punkt auf ihre Seite hatte - die Verbrennung von Giordano Bruno im Jahre 1600. Allerdings hatte dieses Ereignis auf die Mehrheit der Menschen keinen Einfluss.

Nachdem Galileo im Sommer des Jahres 1609 das Teleskop erfunden hatte und im August desselben Jahres mit seiner Erfindung den Turm von San Marco bestiegen hatte, zeigte die Waage ganz eindeutig ein Übergewicht an...

- Hast du schon von Galileos Vortrag gehört? Er ist schon wieder nach Rom gereist, - ertönten plötzlich Stimmen hinter Santorios Rücken. Er drehte sich um und traf mit den Augen mit zwei Priestern zusammen, die auf einer Sitzreihe hinter ihm Platz genommen hatten. Santorio beeilte sich darauf den Brief unter seinem Hut zu verstecken.

- Er hat es wohl immer noch nicht begriffen, dass er es niemals schaffen wird, jemanden von irgendetwas zu überzeugen.

- So ein Unfug! Die Erde soll sich also um die Sonne drehen, wie diese kleine Sternen um den Jupiter. Ha-ha, er hat sie nicht mehr alle!

- Ketzer!

- Der Kardinal wird es nicht dulden, dass es immer noch Menschen gibt, die immer noch die Lehre von Kopernikus aufrechterhalten und ihr folgen. Denn diese Verrückten behaupten ja, dass die Erde sich dreht, und dass der Himmel unbeweglich ist.

- Die gesamte Wissenschaft widerspricht der Heiligen Schrift. Ich bin mir sicher, dass früher oder später die Wahrheit triumphieren wird. Die gerechten Christen werden jubeln, wenn die Abtrünnigen endlich zur Rechenschaft gezogen werden.

- Anscheinend hat er alles gehört, - einer der Priester nickte dabei in Richtung von Santorio. Dieser hatte es mittlerweile satt, den Anhängern des Kardinals weiter zuzuhören. Er stand auf und ging zum Ausgang.

- Herr Doktor, seien Sie gegrüßt, - begrüßte Santorio der zweite Priester. – Sie teilen doch auch bestimmt unsere Meinung, nicht wahr? – fragte er.

- Ich glaube, eher nicht. Er ist doch ein Schüler von Galileo, - antwortete der andere an Stelle von Santorio.

- Ist er etwa dagegen?

- So eine Geistesgröße...

„Es ist noch zu früh, die Menschen scheinen noch nicht dazu bereit zu sein, dieses neue Wissen zu empfangen, - überlegte Santorio, nachdem er den Markusdom verlassen hatte. – Irgendwann wird die Welt das neue Wissen anerkennen, aber werden es dadurch die Menschen leichter haben, die dieses Wissen der Menschheit gebracht haben?"

Kapitel 9

Im Guten und Bösen badet alles auf der Welt,

Mit lebendigem und totem Wasser bestreut,

Mein Gesicht ist durch eine Linie geteilt,

Dieser Strich ist dünn, wie der schmale Grat zwischen Gut und

Böse,

Und ein Geheimnis ist in diesem Strich eingeschlossen.

Die rote Farbe harmonierte mit ihren dunklen Haaren und unterstrich dadurch noch stärker ihr Temperament. Das war ihre Lieblingsfarbe, denn es passte so gut zu ihrer gebräunten Haut. Patricia war eine leidenschaftliche Frau und genau dank dieser Eigenschaft, fand sie leicht ihre Bestimmung. Ja, ja, sie war eine Prostituierte.
Sie fand großen Gefallen daran, sich der männlichen Macht zu beugen und die Energie der Männer zu absorbieren. Aber aus irgendeinem unerklärlichen Grund schaffte sie es nicht, sich selber in jemanden richtig zu verlieben. Die Natur hat sie nicht mit dieser Gabe beschenkt.
Es kam einem so vor, als ob Patricia seit ihrer Geburt so war, unfähig zu lieben.
Ihre Liebe könnte lediglich leicht entfachen, nur um sofort danach wieder zu erloschen, ohne dabei jemanden mit dem eigenen Feuer zu versengen. Danach folgte das, was in solchen Fällen nach der Logik der Dinge immer geschieht, die Beziehungen gingen zu Ende. Patricia suchte die Rettung vor so einer Ungerechtigkeit des

Schicksaals dadurch, dass sie immer wieder neue Beziehungen anfing. Das leichtsinnige Gewerbe behütete sie einstweilen. Sie konnte nur in ihm das finden, was sie sich so sehnsüchtig wünschte. Sie hatte überhaupt nichts dagegen mit anonymen Männern eine Liebesbeziehung anzufangen. Und auch nichts gegen eine Leidenschaft, die nur ein paar Minuten dauerte und danach... Alles fing wieder von vorne an.

Sobald die Männer Patricia das erste Mal sahen, wollten sie sofort diese schöne Frau sich gefügig machen und nach einem kurzen Zeitintervall versuchten sie die Kurtisane wieder zu vergessen. Patricia diente nur als ein schönes Gefäß zum Aufsammeln des männlichen Spermas. Das war alles, wozu sie im Leben taugte.

Stefano war der einzige Mensch, mit dem alles anders war. Sie war selber zutiefst darüber verwundert, als sie sich nach ihrem ersten Treffen wieder sahen. Sie konnten sich gut verstehen und wollten danach wieder Sex miteinander haben. Natürlich war das nicht kostenlos. Stefano beschenkte großzügig das Objekt seiner Begierde. Er kaufte mit großem Vergnügen für Patricia Schmuckstücke oder bezahlte sie einfach mit Bargeld. In den Pausen des Zusammentreffens, schafften es beide parallel dazu, zahlreiche Affären mit anderen anzufangen. Beide hatten nie ein Problem damit. Liebhaber und Liebhaberinnen flogen auf sie zu, wie Fliegen auf Süßigkeiten.

Die Nacht verbrachten sie sehr stürmisch. Nur am Morgenanfang ließen sie sich besoffen auf das Bett fallen, schlossen ihre Augen und schliefen sofort ein. Patricia war als erste aufgewacht, und stellte dabei fest, dass sie nicht bei sich zu Hause ist. Sie wollte nicht mehr schlafen. Nachdem sie sich ihr Gesicht mit Wasser erfrischt hatte und sich einigermaßen angezogen hatte, ging die Kurtisane auf den Balkon. Durch die Bewegung der Gondeln und durch großes Umhertreiben konnte sie feststellen, dass es bereits Mittag ist. Die Sonne schien direkt in die Augen und blendete.

Stefano schlief immer noch. Der alte Diener bot Patricia ein Frühstück an.

- Bring den Wein her! – befahl Patricia dem Michey.

- Vielleicht wünscht die gnädige Frau vom Früchtesalat zu probieren.

Patricia bohrte mit dem Finger ein wenig im Salat herum und fand dabei ein Pfirsichstück.

- Ich sagte, schenk mir Wein ein!

- Aber gnädige Frau, am Morgen trinkt man normale Weise keinen Wein.

- Du nervst...

- Stefano hat mir befohlen jeden Morgen einen Früchtesalat zu servieren. In aristokratischen Kreisen gilt das, als das Merkmal eines guten Tons. Ach ja... Ich hatte ja ganz vergessen, dass die Aristokratie Sie für gewöhnlich um die Zeit gerne bei sich hat, in der man den Früchtesalat bereits nicht mehr serviert.

- Scher dich raus... – Patricia holte zu einem Schlag gegen Mischey aus. Der alte Diener erfüllte sofort ihren Wunsch.

Sie hatte nichts zu tun. Patricia öffnete Stefanos Kleiderschrank und begann die unzähligen männlichen Anzüge zu betrachten. In diesem Anzug hatte sie Stefano das erste Mal gesehen. Diese Kleidung macht ihn sehr elegant. „Und der Hut, besonders der Hut! O-o-o... So einen Hut hätte ich auch gerne!" Nachdem sie ihn anprobiert und festgestellt hatte, dass er ihr sehr steht, betrachtete Patricia begeistert ihr Spiegelbild. Ein dunkelblauer Anzug erregte ihre Aufmerksamkeit. Aus seiner Hosenta-

36

sche ragte ein seidenes Taschentuch heraus. Patricia versuchte die darauf gestickten Initialen zu lesen. Sie schaffte es aber nicht, weil in ihm etwas eingewickelt war.

Patricia entfaltete schnell das Taschentuch. In ihren Augen blitzte ein Schrecken auf: „Eine Schlange"! Die Kurtisane warf das Kollier auf den Boden und hüpfte selber auf das Bett.

„Sie sieht wie lebendig aus! Na sage mal!" – wunderte sich die Kurtisane. Danach steckte Patricia den Schmuck in ihre Tasche und zog die Borte noch enger zusammen. Das Taschentuch legte sie zurück in den Schrank und schloss ihn dabei. Sie hatte keine Lust mehr darauf zu warten, bis Stefano wiederaufwacht. Er wird eh bei ihr heute Abend erscheinen und sollte er heute nicht kommen, dann kommt er eben Morgen. Nachdem sie dem Diener Bescheid gesagt hatte, dass sie nach Hause geht, stieg Patricia die Stufen herunter und hüpfte dabei vor Freude.

Zu Hause angekommen konnte Patricia endlich die Schlange genauer anschauen. In ihren Träumen suchte sie sich bereits ein Kleid aus, zu dem dieser ungewöhnliche Schmuck passen würde.

Patricia ließ ihre Finger über die Edelsteine auf der Schlangenhaut fahren. Als sie ungeschickt mit ihrem Fingernagel den Smaragd berührte, welcher der Schlange als Auge diente, kam es ihr so vor, als ob der Stein ein bisschen in eine Nische eingedrückt würde. Die Kurtisane versuchte das Auge wieder gerade zu rücken, indem sie gleichzeitig auf beide Augen drückte. Aber was war denn das? Auf ihrer Handfläche lag der Schlangenkopf und aus dem Teil, der auf den Boden gefallen war, ragte eine Papierwickelrolle. Nachdem sie den Miniaturkopf vorsichtig auf das Bett gelegt hatte, bückte sich Patricia und hob vom Fußboden den herunter gefallenen Teil des Kolliers. „Was hatte nur das alles zu bedeuten? Auf einem von der Zeit vergilbten Papier war eine Frauenfigur aufgemalt und ihr Haupt schmückte der Mond, wie eine Kopfbedeckung. Unten standen irgendwelche unverständlichen Schnörkel. Plötzlich bekam es Patricia, warum auch immer, mit der Angst zu tun. Sie hatte noch nie in ihrem Leben vorher mit solchen Dingen zu tun. Patricia war nicht feige, aber sie fühlte, dass sie dieses Mal auf etwas sehr Seltsames gestoßen ist. Das Feuer war die einzige Lösung.

„Ich muss es so schnell wie möglich verbrennen und danach das alles sofort vergessen" – dachte die Kurtisane. Bereits nach einer Minute loderten die Feuerflammen um die zierliche Frauenfigur. Patricia kam, während dessen einen Gedanken in den Kopf, der zu ihrem großen Bedauern niemals wieder gutgemacht werden könnte. Die Reue kam leider viel zu spät.

Kapitel 10

„Eins – zwei, drei – vier" – Elia zählte die Gondeln, die an der Realto Brücke vorbei glitten, auf der sie gerade stand. Es war spannend die Leute zu beobachten, die in den Gondeln saßen. Die Damen kicherten und zeigten dabei ihre Zähne, dabei könnte man sehen, wie sie in ihren Mündern Knöpfe von Masken festhielten, welche ihre Gesichter verdeckten. Elia gefiel das Aussehen der Frauen in den schwarzen Halbmasken sehr. Die Augen sahen dabei besonders geheimnisvoll aus. Man könnte dabei nur die Lippen sehen, welche die Zügellosigkeit und Sinnlichkeit ihrer Herrinnen offenbaren. Das Leben, welches Elia gerade beobachtete, war für sie völlig unbekannt und barg viele Geheimnisse in sich. Fast jedes Mädchen in der Stadt träumte davon, in diese Geheimnisse eingeweiht zu sein. Von der Seite eines Außenstehenden betrachtet, erschien so ein Leben fröhlich und sorgenlos. Niemand dachte an die Folgen, die wie eine schwere Schleife hinterher „angeschlendert" kamen. So ein Zeitvertreib wurde früher oder später praktisch für alle zur Hölle, die so einen Lebensstil führten.

- Sehr interessant, wohin sie wohl gerade hingleiten? – sagte plötzlich Elia zu eigener Überraschung so laut, dass sich ein nebenstehendes Mädchen, die noch junger als Elia war, umdrehte und sofort antwortete:

- Ich weiß, wo sie hin wollen - Ich habe schon mehrmals beobachtet, was sie dort treiben, - dabei kicherte sie genauso, wie die trägen Damen, die in den Gondeln saßen. – Ich habe dafür von meiner Mutter eine gute Tracht Prügel bekommen. Schau, schau...was für eine Schönheit!

- Ja-a-a...

- Ich würde auch so gerne an ihrer Stelle, alleine... unter so vielen Männern sein...

- Und ich träume von der großen Liebe.

- Das genau ist doch Liebe!

Man konnte mit bloßem Auge sehen, wie stolz das Mädchen darüber ist, dass sie am geheimnisvollen Leben teilnehmen kann. Sie hat es sogar geschafft, etwas darüber zu begreifen und dieses ruchvolle Leben hat bereits damit begonnen, sie in ihren Sumpf einzusaugen. Nun für die einen ist es ein Sumpf und für die andere Möglichkeit Geld zu verdienen, dabei würden ihr viele Venezianer zu stimmen. Sie hatten nichts mit Problemen zu tun, die Elia nur zu gut bekannt waren. Zu ihrem Vater kamen häufig Damen, die mittlerweile nicht mehr so prächtig aussahen, aber sie trugen dabei immer noch dieselben Masken. Allerdings dienten die Masken jetzt einem andern Zweck – die ehemaligen Schönheiten wollten sich hinter diesen Masken verstecken, damit niemand ihre hässlichen Gesichter sehen kann. Der Vater hatte es lange Zeit nicht gewagt, der neugierigen Tochter zu erzählen, weshalb sie krank sind, aber erst vor kurzem geschah das alles von alleine. Anscheinend war Elia mittlerweile erwachsen genug, um die ganze Wahrheit darüber zu erfahren.

Die Gondeln waren zusammen mit den sich amüsierenden Frauen verschwunden und in diesem Moment haben beide Mädchen etwas sehr wichtiges für ihr ganzes restliches Leben entschieden.

Die Träume der einen sind für immer mit dieser Ausgelassenheit geblieben und die andere machte eine scharfe Kehrtwende und ging in eine ganz andere Richtung. Dabei handelte es sich natürlich um unsere Elia.

Kapitel 11

Matteo stand am Kirchenaltar – dabei wurde er von Widersprüchen zerrissen. Die Heilige Kirche und die Wissenschaften gingen in dieser Welt aus irgendeinem Grund auf zwei völlig unterschiedlichen Wegen. Er glaubte an Gott und hatte großen Respekt vor der Kirche, aber gleichzeitig waren ihm auch die Erkenntnisse seiner Kollegen immens teuer und wichtig, gegen die sich die Kirche aussprach. Matteo hörte auf sein Herz, in dem sowohl der Herrgott, als auch die Erkenntnisse über die Notwen-

digkeit des wissenschaftlichen Fortschritts Platz hatten.
Nach seiner tiefen Überzeugung durfte es zwischen die-
sen beiden Richtungen keinen Wiederspruch geben.
- Gibt es hier einen Arzt? Wir brauchen seine Hilfe! −
Matteo setzte sich in Begleitung von zwei Händlern in
eine Gondel.
Das Boot bewegte sich sehr schnell voran und so hatten
sie schon bald den Markt erreicht. Dort war ein Unfall
mit einem Juwelier passiert. Dieser ging gerade an den
Handelsreihen mit Fisch vorbei, dabei hatte er zu seinem
Pech die auf dem Weg liegenden, abgeschnittenen Fisch-
schwänze nicht bemerkt. Er trat direkt auf sie, rutschte
aus, fiel hin und verrenkte sich dabei den Fuß. Viele
wollten ihm auf helfen, aber sie hatten kein Erfolg dabei.
- Kommt nicht näher zu mir! − schrie er.
Die erschrockenen Händler machten sich sogleich auf
den Weg, um einen Arzt zu finden. Der Juwelier war sehr
reich. Er könnte ihnen deshalb viele Unannehmlichkeiten
bereiten, und darauf hatten sie verständlicherweise überhaupt keine Lust.
- Doktor, ich sterbe... A-a-a... − man hat den Juwelier auf
einen alten Korb gesetzt, in dem noch vor zwei Stunden
Fisch aufbewahrt wurde. Nach einiger Zeit ertönte über
den ganzen Markt ein herzzerreißender Aufschrei. Dabei
war eigentlich mit dem Juwelier nichts Schlimmes geschehen. Matteo hatte den Fuß geschickt wieder einge-
renkt und dabei ihn ganz fest mit langen Leinen zuge-
bunden. Jetzt könnte der Verletzte einigermaßen wieder
gehen, dabei stützte er sich an der festen Schulter des
Arztes ab und hörte nicht auf zum wiederholten Mal die
Geschichte darüber zu erzählen wie er hingefallen war
und wie viel Schmerzen er hat.

Zum Glück lebte der Juwelier nicht allzu weit vom Markt entfernt. Matteo war deshalb nicht allzu sehr von den unendlichen Beschwerden des Kranken genervt, da musste man ihn schon in die fürsorglichen Hände seiner Frau übergeben. Nachdem er endlich zu Hause angekommen war, hatte sich der Juwelier endlich beruhigt und hörte auf sich zu beschweren und nach einem Glas Wein wurde dieser sogar richtig fröhlich. Er begann dem Doktor für seine Hilfe zu danken. Nachdem er Matteo durch einen dunklen Gang geführt hatte, öffnete er eine Tür und bot ihm Goldschmuck zur Auswahl für seine Behandlung an. „Ich stehe tief in Ihrer Schuld, wählen Sie sich ruhig etwas aus. So würden zum Beispiel Ihrer Frau diese Ohrringe bestimmt gut stehen. Ach, Sie brauchen nicht zu danken... Noch im vergangenen Jahr war es mir gelungen den Goldhändlern aus Alexandria eine ziemlich seltene Schmuckreihe abzukaufen. Ein Schmuckstück ragte dabei besonders raus, es handelte sich dabei um ein Frauenkollier in Schlangenform. Aber zu meiner großen Verwunderung hatten mir die Händler während unsers Handelsabkommens noch ein Kollier gezeigt. Es war eine genaue Kopie des ersten Kolliers. Dabei erzählten sie mir, dass unter der Bedingung, dass demselben Mädchen das erste Kollier vom Vater und das zweite von ihrem Geliebten geschenkt wird, die Liebenden dann für immer durch die Bande der Liebe miteinander verbunden sein werden. Das zweite Kollier habe ich leider nicht mehr in meinem Besitz. Ich hatte ihn erst vor kurzem verkauft. Nehmen Sie bitte das übriggebliebene, als mein Geschenk für Ihre Tochter, - sagte der Juwelier ganz edel und murrte dabei unter seiner Nase – Wer weiß, vielleicht wird es Ihnen Glück bringen".

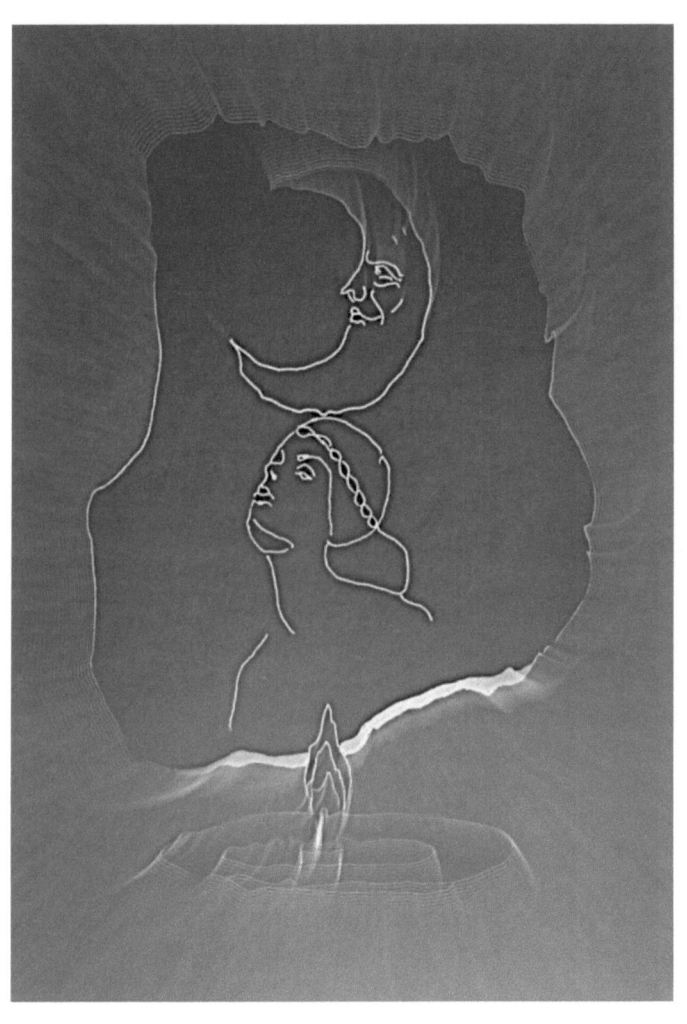

Nachdem er für die Ohrringe bezahlt hatte und das Kollier als Geschenk mitgenommen hatte, bedankte sich Matteo bei dem Juwelier. Er könnte natürlich ahnen, dass das Schmuckstück seiner Tochter gefallen würde, aber dass Elia dadurch so begeistert sein wird, dass sie regelrecht in Ekstase verfällt, hatte er natürlich nicht erwartet. Sobald die Tochter die Schlange in den Händen ihres Vaters gesehen hatte, hätte sie fast geweint vor Glück. Elia erzählte ihren Eltern, dass sie genau dieses Kollier bereits vorher bei dem Juwelier gesehen hatte und dass sie schon damals von diesem Schmuckstück ganz begeistert war.

Kapitel 12

Enge Gässchen, die sich so winden, dass man sich in ihnen leicht verlaufen kann. Dabei hat man manchmal den Eindruck, als ob sie den Wanderer extra dazu zwingen würden in einem Labyrinth umherzuirren. In solchen Fällen wird die Stadt selber zum Reiseführer für unseren Wanderer, der nicht weiß, an welcher Stelle er sich jetzt genau befindet. Der Wanderer begreift nur eines, dass auch er es nicht geschafft hat, der zauberhaften Bahn von Venedig zu entgehen. Schon ganz viele Menschen haben auf den steinern Wegen lustvoll umhergewandert, dabei haben sie ihre Schuhe durch das viele Laufen ganz abgenutzt und gaben sich ganz der Macht der Stadt hin, ohne zu wissen, was auf sie hinter der nächsten Ecke wartet...
Stefano hatte sich verlaufen. Das alles war irgendwie unbemerkt und schnell passiert. Eigentlich schien ihm die Umgebung bekannt zu sein – er ging und ging, bis er es

44

registriert hatte. „Wo bin ich? – dachte er. – Vielleicht war ich schon einmal hier, vielleicht aber auch nicht?" Es herrschte eine ganz tote Stille, man konnte niemanden nach dem Weg fragen. Die Sonnenstrahlen brannten sehr stark auf der Haut, es war kaum auszuhalten.

„Wenn ich jetzt nach links gehe, dann werde ich dorthin gelangen, von wo ich gekommen war. Und wenn ich nach rechts gehe?" Und er schlug den Weg genau in diese Richtung ein.

„Ich habe ein Gefühl, dass ich schon mal hier gewesen bin". Stefano kam es so vor, als ob er schon ewig durch Venedig irrt. Daran war entweder die ihm einen Streich spielen wollende Sonne, oder irgendeine unbekannte Macht schuld.

„Und trotzdem, was für eine wunderschöne Stadt Venedig doch ist!" – rief Stefano in Begeisterung aus. Dabei betrachtete er die ganz eng aneinander gebauten Häuser, die nur durch einen Kanal getrennt waren. Es war geschehen! Die ewige Stadt verwirrt die Reisenden in seinem Labyrinth, nur dazu, um sie für immer in Venedig verliebt zu machen. Die Stadt lechzt nach Worten der Bewunderung und Komplimenten, die aus seinen verschiedenen Ecken ertönen. Diese Worte geben der Stadt Kraft, um durchzuhalten und weiter zu bestehen. Alle Widrigkeiten, alle Bitterkeiten, die auf Venedig bereits im Laufe vieler Jahrhunderte eingeprasselt sind. Die Stadt wird alles überdauern: Epidemien und Hochwasser, welche die Stadt genauso gefangen nehmen wollen, wie sie es mit uns vorhat. Anscheinend ist das Wasser ebenfalls in Venedig verliebt, denn es schwemmt stetig ihre bewunderungswerten und idealen Formen. Wahrscheinlich träumt das Wasser auch davon, Venedig ganz für sich alleine zu haben.

„Mir ist schwindelig!" Stefano hielt sich am Gelände einer kleinen Brücke fest, die sich über das Wasser, wie ein gelenkiger Akrobat gespannt hatte. Die Gebäude spiegelten sich im Wasser und bildeten auf der Wasseroberfläche eine genaue Kopie, die genau so bunt und prächtig, wie das Original war.

Stefano sah ein, dass er heute nicht mehr dorthin gelangen konnte, wo er hin wollte. Die einzig richtige Entscheidung, war nach Hause zurück zu kehren. Zu seinem Glück wurde im gegenüberliegenden Haus ein Fenster geöffnet. Wenig später ragte ein Kopf daraus, der in den Himmel schaute, anscheinend wollte er dadurch das Wetter für heute erfahren. Auf die gestellte Frage, drehte sich der Kopf in seine Richtung und antwortete ganz deutlich: „Gehe geradeaus, danach musst du nach links abbiegen". Nachdem sich Stefano bedankt hatte, ging er in die gezeigte Richtung. Der Kopf hat ihn nicht belogen, nur nach ein paar Metern fand er sich auf einem von Menschen überfüllten Platz wieder, wo er bereits vorher tausend Mal gewesen war.

„Was für einen komischen Tag hatte ich doch heute!" – dachte Stefano und blickte dabei mit Schrecken in Richtung des engen Gässchens, welches ins Nirgendwo führte. – Gleichzeitig verspürte er aber auch keinen Zorn, über die vergeudeten Stunden. Denn in dieser Zeit war zwischen ihm und der Stadt eine Art Verbindung entstanden. Man hatte den Eindruck, als ob ein Geheimnis ihn in diesen Momenten mit der Stadt verbinden würde, vielleicht für immer.

Kapitel 13

Herrgott, ich fürchte mich vor meiner Schwäche,

Ich fürchte mich vor meiner Freude, ich kenne mich nicht.

Behüte mich mit deinem Namen in Augenblicken der Schwäche,

Behüte mich auch, in Augenblicken der Freude, ich flehe dich an.

Belohne mich mit Weisheit in Augenblicken der Schwäche,

Belohne mich auch in Augenblicken der Freude,

Ich flehe dich an!

Der arme Santorio wurde von Alpträumen geplagt... Er hatte gerade die ihn angreifende Schlange ergriffen, aber sie war so glitschig, dass sie ohne jegliche Anstrengung aus seinen Händen gleiten konnte... Ganz schweißgebadet wachte Santorio auf. Nachdem er sich auf eine andere Seite umgedreht hatte und feststellte, dass es keine Schlange in seiner Nähe gibt, stürzte er in den nächsten Alptraum.

Das Läuten der Kirchenglocke, es ruft ihn zu etwas auf. Santorio geht zusammen mit anderen Menschen in die Kirche. Sobald er sie betritt, trifft er dort auf einsam auf seinen Knien stehenden Galileo. Zwischen ihm und den anderen Menschen entsteht plötzlich ein tiefer Riss im Boden, der das Gebäude in zwei Teile teilt. Und niemand überquert diesen Riss. Aber Galileo ist nicht einsam, hinter ihm steht noch jemand. Santorio versucht den Fremden besser zu erkennen, aber ein Feuer, welches aus dem Riss empor bricht, hindert ihn daran. Die Menschenmenge rennt laute Hilferufe schreiend aus der Kirche. Dabei lässt sie den immer noch knienden Galileo ganz alleine und einsam zurück.

„Oh mein Gott, was soll denn das sein?" – Santorio schlief nicht mehr. Er fürchtete sich davor die Augen wiederzuschließen, er hatte Angst wieder einzuschlafen und die Fortsetzung des nächtlichen Alptraums zu sehen. Es klopfte an der Tür.

„Wer könnte das nur sein?" Es klopfte noch einmal. „Ich komme!" – rief Santorio, zog sich dabei im Gehen seinen langen Nachtkittel an und schurrte mit den Hausschuhen. Er ließ den unerwarteten Gast herein, weil er froh über dessen Besuch war.

Marco gehörte nur dem Herrgott und niemand anderem sonst. Er hatte bereits vor sehr langer Zeit den Gott in seinem Herzen gespürt und wollte seit diesem Zeitpunkt ihn nicht mehr fortlassen. Er war etwas junger, als Santorio und diente als Priester in einer römischen Kirche. Marco gehörte zu der Gattung von Menschen, denen man sich seit der ersten Minute des Gesprächs sofort anvertrauen möchte, ohne dabei Angst haben zu müssen, dass er einen irgendwann einmal verrät, oder hintergeht. Er könnte in sich sowohl die menschlichen Nöte, als auch die Freuden aufbewahren, ohne dabei selber Schaden deswegen zu nehmen. Das alles hatte, auf irgendeine mysteriöse Art und Weise Platz in ihm. Er freute sich nie über menschliche Nöte und beneidete nie fremdes Glück. Marco war - ein Tempel des Herren, der dazu fähig war, sein Licht in sich zu tragen. Marco lebte in seiner eigenen Welt, die er nur selten verließ. In solchen Fällen machte er sich für kurze Zeit auf den Weg zu den Menschen, um ihnen ein Teil der göttlichen Segnung zu überbringen.

Santorio könnte es einfach nicht glauben, dass er diesen Menschen wieder vor sich sieht und dankte dem Schicksaal für dieses wunderbare Treffen. Nachdem er dem Gast alles angeboten hat, was er nur anbieten konnte: Essen, Wein und einen Ehrenplatz, machte es sich Santorio im Sitzen selber gemütlich und bequem, denn das Gespräch versprach lange zu dauern. Marco hatte wegen dem langen Weg einen ganz trockenen Hals, nachdem er seinen Durst gestillt hatte, begann er sogleich zu erzählen...

Fangen wir damit an, dass im Jahre 1600 der Mönch Giordano Bruno in Rom auf einem Scheiterhaufen verbrannt wurde. Für was für ein Vergehen wurde er so hart bestraft?

Im Alter von siebzehn Jahren war er enorm wissensdurstig und trat in den Dominikanischen Orden ein. Bereits zwei Jahre später sah er ein, dass es nicht ganz sein Weg war und dass seine Ansichten sich ganz stark von den Ansichten seiner Kirchenkollegen unterscheiden. Alle Bücher, die sich in der örtlichen Bibliothek befanden waren von ihm durchgelesen und sein Kirchenglaube bekam einen tiefen Riss... Nein, er wandte sich nicht von Gott ab, er sah ihn nur in einem anderen Licht. Als Ursache dienten dafür Werke herausragender Menschen der damaligen Zeit. Daraufhin war er gezwungen die Kirche zu verlassen, weil einige Hinterbänkler sich über ihn bei der Heiligen Inquisition beschwert haben.

Seit diesem Augenblick wanderte Filippo durch die Welt. Filippo, war sein erster Name, den man ihm bei seiner Geburt gegeben hatte. Was den neuen Namen Giordano angeht, den er sich bei seinem Beitritt in den Orden ausgewählt hatte, so musste er mit diesem Namen ein schweres Leben durchmachen, welches mit einem schrecklichen Tod endete.

Filippo zeichnete sich durch ein hervorragendes Gedächtnis, eine gute Intuition und vielfältige Interessen aus. Er war ein Dichter. Rom, Genf, Paris, London, Prag, Frankfurt und Zürich waren für ihn wichtige Zufluchtsorte, in denen er in Ruhe arbeiten konnte, ohne dabei ständig um sein Leben fürchten zu müssen. In diesem Stadium lernte er vieles selber und brachte anderen ebenfalls vieles bei. Die Zeit verging wie im Flug. Seine spöttischen Artikel wärmten die alten Kränkungen auf und schürten den Durst nach Rache. Sein erster Fehler, war der Eintritt in den Orden, der zweite Fehler war seine Leichtgläubigkeit, mit der er die Einladung nach Venedig annahm, wo er einen reichen Herrn unterrichten sollte. Die Sehnsucht nach der Heimat trug sein übrigens dazu bei. Er nahm das Angebot an, später musste er diese Entscheidung mit seinem Leben bezahlen.

Der auf den ersten Blick gastfreundliche Gastgeber hat bereits nach einer kurzen Zeit seinen Lehrer an die Inquisition verraten und ihn der Ketzerei beschuldigt. Danach musste Giordano die restlichen acht Jahre seines Lebens in Gefangenschaft auf der Engelsburg in Rom verbringen. Am 17. Februar des Jahres 1600 endete der irdische Lebensweg von Giordano Bruno. Dabei muss man anmerken, dass obwohl er der Ketzerei beschuldigt wurde, dieser Mann Gott viel näher stand, als seine Henker.

Ein schreckliches Bild hatte sich damals Marcos Augen geboten und seinen Glauben ins Wanken gebracht. Er wollte sogleich die Mauern des Gotteshauses verlassen, der aus einem Ort der Rettung in einen Ort der Hinrichtung verwandelt wurde. Eine schlimmere Folter hatte Marco noch nie in seinem Leben gesehen. Er könnte nicht in die Augen des Mannes schauen, der zu Quallen und Tod verurteilt wurde. Das erste Mal in seinem Leben

50

hatte Marco ein mächtiges Hassgefühl verspürt. Ja, er hasste Giordanos Henker und er zweifelte zum ersten Mal in seinem Leben an der Allmächtigkeit des Herrn. Marco konnte es nicht begreifen, warum Gott so eine Ungerechtigkeit zuließ. Die Tränen flossen auf seinem Gesicht und er versteckte sie nicht einmal. Obwohl er wusste, dass es nicht ungefährlich war, seine Gefühle offen zu zeigen. Denn damals lebte man nach dem be-kannten Prinzip: Wer nicht mit uns ist, der ist gegen uns. Fluche in Richtung des Ketzers waren von allen Seiten zu hören. Marco verfluchte auch in seinem Herzen, aber nicht das Opfer, welches nun alle unisono verurteilten. Marco betete bis zum letzten Schrei. Als er eingesehen hatte, dass kein Wunder geschehen war, fragte er den Herren. Warum? Der Schrei des bei lebendigem Leibe verbrannten Mannes ertönt in ihm immer noch. In seiner Erinnerung steht noch immer der stumme Vorwurf in Giordanos Augen geschrieben und diese Augen fragen: Wofür?

Bis zum heutigen Tag hat Marco immer noch keine Ant-wort darauf bekommen. Und damals sperrte er sich in seiner Klause ein und weinte. Der verbrannte Mann tat ihm unendlich leid, obwohl alle um ihn rum sagten, dass er ein Abtrünniger ist. Danach versank Marco in einen tiefen Schlaf... Er schaute irgendwo von oben auf die Erde: Regen; Dürre; zahlreiche Morde; Feuer, das alles wahllos verschlingt und danach ein erneuerter Boden. Männer in langen Mänteln verstreuen Samen, die auf eine fruchtbare Erde fallen. Die Samen schwellen an und aus ihnen entstehen junge Schösslinge. Nach einer Weile, nachdem sie feststellen, dass den frischen Sprossen keine Gefahr mehr droht – nicken die Männer zufrieden und setzen sich in eine prächtige Kutsche. Einer von ihnen dreht sich um, und schaut ihn mit einem Lächeln an.

„Das darf nicht wahr sein!" – denkt Marco. Er sieht Bruno, der ihm sagt:

„Ich bin am Leben, trockne deine Tränen. Sei nicht traurig und bleibe dort, wo du bist!"

Die Kutsche entfernt sich in einem rasanten Tempo und verschwindet in den unendlichen Weiten unseres Universums...

Und was ist mit Marco? Nachdem er aufgewacht war, wusste er nicht, was er nur darüber denken sollte und wie er diese ungewöhnliche Vision deuten kann. Aus dem Gesehenen wurde Marco nur Eines klar: es existiert ein gewisses Geheimnis, deren Grenze keiner der lebenden Sterblichen übertreten darf. Nun musste Marco es lernen, mit den Menschen zusammen zu leben, die er nicht mehr hassen durfte, weil man es ihm verboten hatte.

Ein Jahr war nach der Geschichte vergangen, der es vorherbestimmt war, Jahrhunderte lang in der Erinnerung zu bleiben. Marco war in seiner Entwicklung sehr weit vorangeschritten. Er konnte zwar noch nicht alle seine Emotionen ganz kontrollieren, aber er hatte es wenigstens geschafft, seinen Hass unter Kontrolle zu bekommen. Im Jahre 1616 wurden alle Werke von Kopernikus verboten. Es hatte sich also seit sechszehn Jahren in der Kirche überhaupt nichts verändert. Keine Neuerungen könnten sie erschüttern, sowohl in ihrer Neigung zum Konservatismus, als auch in ihrer Feindseligkeit zur Freigeistigkeit. Marco beobachtete den anhaltenden Kampf der Ideologien. Dabei las er mehrmals die Werke von Bruno, Kopernikus und Galileo Galilei, dabei bewunderte er jedes Mal die Klugheit und die Intuition dieser großartigen Lehrer.

Im Jahre 1620 könnte Marco endlich etwas freier aufatmen, den das Werk von Kopernikus war zwar mit einigen Veränderungen, aber dennoch wieder zugänglich für die Öffentlichkeit. Die Kirche hatte ihr ein Existenzrecht zugesprochen. Darauf hatte Marco gehofft, dass diese traurige Geschichte endlich ein Ende gefunden hat. Aber darin irrte er sich gewaltig. Vor nicht allzu langer Zeit begann man hinter den Kulissen immer häufiger zu munkeln, dass Galileo, wie alle seine Vorgänger sich früher oder später ebenfalls der Macht der Kirche beugen muss. Sie wird schon den widerspenstigen Ketzer auf seine Knie stellen, so wie es vorher mit vielen anderen geschehen war. Marco, hatte große Angst, dass mit Galileo etwas Ähnliches geschehen wird. Das könnte er nicht zulassen.

Santorio wusste: alles, was ihm Marco erzählt hatte, war wirklich so geschehen und nicht anders. Und sein Traum? Auch ihn selber quellten ebenfalls schlechte Vorahnungen. Was könnte er konkret in diesem Falle tun? Santorio versank in Gedanken... Nicht alle erkannten die Lehre von Kopernikus an. Galileo führte einen Briefwechsel mit vielen Wissenschaftlern und Mächtigen dieser Welt, in dem er durch seine Experimente zu beweisen versuchte, dass die Erde sich tatsächlich dreht. Dazu muss man sagen, dass die Mehrheit von ihnen auf seiner Seite war. Aber wo Freunde sind, tauchen auch Feinde auf: Galileos Gegner Ludovico delle Colombe hatte im Jahre 1610 durch seinen Artikel, der gegen die Theorie der Erddrehung gerichtet war, einen Disput mit dem Wissenschaftler angefangen. Als Beleg, dass er Recht hat, führte er Auszüge aus der Bibel an. Im Jahre 1615 verleumdete Niccolo Lorini Galileo in seinem Brief an die Heilige Inquisition in Rom. Er schrieb, dass er nur die Pflicht eines normalen Christen ausübt und es nicht dulden kann, dass immer noch Menschen existieren, die auch weiterhin der Lehre von Kopernikus folgen. Denn diese Ketzer behaupten ja, dass die Erde sich drehen und der Himmel still stehen würde. Alle diese Aussagen wiedersprechen die Heilige Schrift. Natürlich würde die Wahrheit früher oder später triumphieren und die gerechten Christen werden jubeln, wenn die Abtrünnigen vor Gericht verurteilt werden. Obwohl im Jahre 1620 die umstrittene Lehre zwar mit einigen Veränderungen, aber trotzdem erlaubt wurde, war es nur ein kurzer Versöhnungsakt, von welchem Galilei sich viel zu viel erhofft hatte. Er war so naiv zu glauben, dass er es geschafft hatte, mit seinen Werken Kardinal Bellarmin von der Richtigkeit der Kopernikuslehre zu überzeugen. Das war sein großer Fehler. Galilei ist in eine Falle getappt, aus der er nicht mehr herauskommen konnte. Erst später wird die Wissenschaft weitere Schritte weit nach vorne machen: es entsteht die neue Wissenschaft Astronomie, Physik und Mathematik werden ihre Sphären erweitern. Seine Schüler und Anhänger werden sein Werk vorantreiben, dem er sein ganzes Leben widmete. Aber im Moment ahnte Galileo noch nichts von der aufkommenden Gefahr, obwohl die Schutzengel alles Mögliche für seine Rettung in die Wege leiteten.

Kapitel 14

Bianca liebte ihre Stadt. In ihr herrschte eine besondere Atmosphäre. Oder vielleicht war es deshalb so, weil Venedig ihre Heimat war, in der ihr alles gefiel? Für einen Augenblick erinnerte sie sich an ihre Eltern. Fünf Jahre waren bereits seit ihrem Tod vergangen und es kam ihr, wie eine Ewigkeit vor.

Bianca und Elia machten einen Spaziergang entlang des Kanals Grande. Auf der Straße war es nicht warm und nicht kalt, genau die richtige Temperatur, um spazieren zu gehen. In einer Stunde wird das alltägliche Abendleben der Venezianer beginnen. Die Kleinhändler werden sich in ihre Häuser zurückziehen, denn auf sie wird morgen ein neuer Arbeitstag warten. Die armen Arbeiter „warten auf ihre Wachablösung" durch die Aristokraten und Kurtisanen, welche die Stadt in der Nacht füllen werden. Tagsüber haben sich diese bereits ausgeruht, sind wieder zu Kräften gekommen, welche sie letzte Nacht verbracht hatten und nun sind sie wieder zur Fortsetzung ihres Lieblingszeitvertreibs bereit.

Dazu muss man sagen, dass Elia sich sehr selten genau zu dieser Zeit im Stadtzentrum aufhielt. Deshalb schaute sie sich mit großer Neugierde alles an, was ihr auf dem Weg zur Parfümerie begegnete. Der Parfümverkäufer freute sich sehr, über das Kommen neuer Kundinnen. Er wusste bereits im Voraus, was er innen anbieten könnte... Natürlich handelte es sich dabei um ein modisches Parfüm, welches zurzeit fast alle Venezianerinnen gerne benutzten. Man muss anmerken, dass dieses Parfüm ziemlich teuer war. Aber Bianca ging nicht auf sein Angebot ein, stattdessen wählte sie für sich etwas Besonderes und nicht so weit Verbreitetes aus. Was Elia angeht, so bekam sie ein süßes Parfüm, welches ihr sehr gefiel. Mutter und Tochter verließen die Parfümerie. In ihren Händen trugen sie kleine Täschchen mit einem duftenden Inhalt. Daneben amüsierten sich herzlich die Männer. Die laute Meute verschwand unter der Brücke und nun konnte man sie von der anderen Seite beobachten.

Der Heimweg war lang, deshalb gingen Elia und Bianca langsam, ohne jede Hast und Eile.

- Was für stattliche Damen das doch sind!

Bianca drehte sich um, um den Flegel anzusehen, der es wagte, so mit ihr zu sprechen.

- Ach, verzeihen Sie mir bitte! Aber Sie sind wirklich sehr graziös! – dem jungen Mann tat es Leid und er versuchte mit allen Kräften seinen Fehler wieder gutzumachen. Seine Weggefährten versuchten diese missliche Lage mit Witzen aufzulockern.

Man konnte sehen, dass die jungen Männer zur Elite der Gesellschaft gehörten. Denn sie waren sehr gut angezogen und demonstrierten gute Manieren. Als sich Bianca zu ihrer Tochter umdrehte, konnte sie Elia einfach nicht wiedererkennen. Diese stand wie verzaubert da und war nicht in die Stande ihre Augen von einem der Männer zu nehmen. Sie sah dabei insgesamt sehr verwirrt aus. In so einer aufgebrachten Stimmungslage hatte Bianca ihre Tochter noch nie zuvor gesehen. Elia war bereit, alles dafür zu geben, um die Möglichkeit zu haben, mit einem dieser Schönlinge weggehen zu können. Stattdessen musste sie dem Willen ihrer Mutter gehorchen, welche ihre Hand in die entgegengesetzte Richtung zog. Bianca dachte, dass Elia bereits diese jungen Männer kannte und fragte ihre Tochter, ob das stimmt.

- Nein...

Die Antwort überzeugte Bianca. Sie war sich sicher, dass Elia sie nie belügen würde.

- Es sind schöne junge Männer, - sagte sie.

In diesem Moment wäre Elia beinahe hingefallen, weil sie sich im Saum ihres eigenen Kleides verfangen hatte. „Es ist seltsam, aber Elia schenkt anderen Männern überhaupt keine Beachtung, obwohl sie meine Tochter mit

56

den Augen förmlich aufessen wollen. Zum Beispiel diese hier!" Elia achtete wirklich auf keinen von ihnen. Selbst Damen in schönen Kleidern lösten in ihrer Seele keine Reaktion aus. Ihre Augen drückten eine leere Verzweiflung aus.

Kapitel 15

- So schöne Frauen, man könnte sie ewig anschauen! – Franco und Andre schauten den sich entfernenden Bianca und Elia nach.
- Und was für eine schöne Gestalt... – Franco war so von Biancas Vorzügen beeindruckt, dass er nicht aufhören konnte, darüber zu sprechen.
- Sie ist nicht deine Kragenweite! – lachten Stefano und Andre. – Deine Kurtisane wartet wahrscheinlich bereits sehnsüchtig auf dich, ha-ha!
- Ich habe die Nase gehörig voll von ihr! Es ist immer das Gleiche, überhaupt keine Abwechslung, - Franco zuckte zusammen. – Diese Dame ist etwas ganz anderes...
- Du sagst es ja selber, sie ist eine Dame. Und sie ist nichts für dich!
- Was für eine Grazie! Das nenne ich eine richtige Frau! – Franco schloss seine Augen und versuchte vor seinem geistigen Auge ihre Gestallt wiederherzustellen.
- Und die andere... Habt ihr ihre Augen gesehen? – Andre würde es sich sogar zutrauen, sie aufzumalen. – Und sie ist nicht weniger graziös.
- Es wäre interessant zu erfahren, wer sie sind? Warum weiß niemand von uns bis jetzt etwas über sie?

- Sie sind bestimmt nicht aus einem Freudenhaus, das ist sicher. Woher willst du denn das wissen? – Andre versuchte aus der Ferne die weiblichen Gestalten zu erkennen, bevor sie ganz aus seinem Sichtfeld verschwinden werden.

- Vielleicht sollten wir hinterhergehen, bevor es nicht zu spät ist? Was sagt ihr dazu? Hört ihr mich überhaupt? – Franco konnte es nicht erwarten, ihre Namen zu erfahren.

- Wenn wir sie noch einholen können... – Andre eilte nach vorne.

- Hey, warte auf uns! – Franco und Stefano gingen ebenfalls schneller.

- Und warum schweigst du und sagst nichts? – fragten Stefano seine Kumpels und wunderten sich über seine Gleichgültigkeit. – So ein Frauenliebhaber, wie du, hält sich plötzlich zurück. Wer hat dir am besten gefallen? Schon klar! Beide... Er weiß jetzt bloß nicht, woher er die Zeit gleich für zwei Damen nehmen soll! – lachten sie.

- Schaut, da sind sie. Sie sind gerade hinter diese Häuserecke abgebogen, - Franco zeigte mit dem Finger auf Bianca und Elia.

- Aha, sie haben wohl nicht nur uns gefallen. Schaut, schaut nur, wie diese zwei dort die Damen anstarren. So, als würden sie sich dabei umkrempeln, - man hatte den Eindruck, als ob Franco sehr aufgeregt war. Er machte Faxen, dabei machte er sich über die beiden Männer lustig, die wie versteinert waren und Bianca mit Elia mit einem langen sehnsüchtigen Blick hinterher schauten.

- Das sind wirklich ganz besondere Frauen! – Andre rannte bereits fast.

Stefano schwieg den ganzen Weg. Ihm haben wirklich beide Frauen gefallen, aber Elia hatte es, warum auch immer geschafft, tiefer in seine Seele einzudringen.

58

Er konnte ihren Blick nicht vergessen, der in ihm gegensätzliche Gefühle hervorrief. Ihre Augen lockten und gleichzeitig leuchtete ein Licht der Reinheit und Unschuld in ihnen.

„Warum hatte sie mich so angeschaut?"

- Stefano! Bist du etwa taub geworden? – der aufgekratzte Franco versuchte seinen Freund zu erreichen. – Es ist schon dunkel, dadurch können wir sie für immer verlieren. Danach könnten wir dann lange suchen...

Stefano hatte sich bereits mit dem Wunsch angesteckt, so schnell wie möglich zu erfahren, wer sie wirklich sind. Diese unbekannte schöne Frauen, welche den Männern ihre Ruhe rauben und sie dazu bringen, Halsüberkopf hinter her laufen zu müssen.

- Ich kann nichts mehr sehen, es ist stockdunkel geworden! – sagte Stefano verärgert, nachdem er genau an derselben Stelle gestolpert war, an der sich Elia in ihrem Saum verfangen hatte.

- Sie sind in das Haus dort reingegangen.

- Wenn man jetzt noch den Namen des Herren, der dieses Haus bewohnt lesen könnte, - Franco bemerkte irgendeine Silhouette im gegenüberliegenden Haus.

- Mir kommt es so vor, als ob ich es wissen würde... Es war hier erst kürzlich passiert...

- Stefano versuchte in der Dunkelheit das zu erkennen, was von den Blumen geblieben war, die ihm so gefallen hatten. – Hier wohnt ein Arzt.

- Vielleicht hast du alles verwechselt? – fragte Franco misstrauisch.

- Das sind immer noch die gleichen Blumen. Damals war er rausgegangen und hatte mich gefragt, ob ich die Hilfe eines Arztes in Anspruch nehmen will. Hier wohnt ein Arzt.

Die Sicherheit in Stefanos Stimme hat seine Kumpels überzeugt. Nun tauchte eine weitere Frage auf, in welchem Verhältnis standen diese Damen zum Doktor? Dieses Geheimnis blieb ungelöst.

Kapitel 16

Die Blumenkönigin besuchte mich gestern,
Sie verdarb meine Seele und nahm mein Herz weg,
Das Aroma dieser Liebe werde ich nie mehr vergessen können,
Sie hat mich stark liebkostet und wurde dabei rot vor Scham.

Meine Königin, du bist – mein Fluch,
Entzaubere mich und gib mir mein Herz zurück, wofür
Hast du mich ruiniert, und jetzt brauchst du keine Gnade von mir erwarten,
Ich werde dich im Liebesrausch massiv liebkosen.

Die Blumenkönigin flehte mich gestern an,
Im Namen der Engel die Seele abzugeben,
Das Aroma dieser Liebe konnte sie nicht vergessen,
Sie hat ihr Herz für immer weggegeben.

Am nächsten Tag haben sich die Kumpels ausgeschlafen und hübsch angezogen, an einem vereinbarten Ort getroffen. Der Tag war überraschend gut. Nachdem sie ein wenig gequatscht hatten, haben sie sich entschieden,

die gestrige Sache zu ihrem Abschluss zu bringen. Sie
warteten mit Ungeduld, was sich ihren Augen beim Tageslicht offenbart. Die Männer wurden von Zweifeln
geplagt, ob dieser Anblick genauso bezaubernd und lust-
erregend, wie er gestern Abend war, sein wird.
Sie blieben nicht weit vom Haus des Arztes entfernt stehen. So, dass sie durch ihr Auftreten keine Aufmerksamkeit erregen. Die Kameraden versuchten durch die Fenster irgendjemanden zu erkennen, hatten aber dabei keinen
Erfolg. Sie brauchten einen Plan. Schließlich haben sie
sich dazu entschlossen, unter dem Vorwand, dass sie
krank sind, in das Haus zu gelangen.
Stefano weigerte sich strickt bei diesem Hasardspiel mit-
zumachen, obwohl er ein noch stärkeres Verlangen, als
Andre und Franco verspürte, das Mädchen wiederzuse-
hen. Ein ihm vorher völlig unbekanntes Gefühl der
Schüchternheit, welches er das erste Mal in seinem Leben
in seiner Seele verspürte, hat ihn daran gehindert.
- Geht ihr nur. Ich werde hier auf euch warten... – sagte
er zu seinen Freunden.
Andre und Franco gingen zur Tür, auf der tatsächlich ein
Schild befestigt war, welches bestätigte, dass hier ein
Arzt wohnt. Nun mussten sie nur noch überzeugend die
Rollen der Kranken spielen.
- Wo hast du Schmerzen? – fragte Franco.
- Nirgendwo.
- Dann lass dir etwas einfallen.
- Und was soll ich Konkretes sagen?
- So ein Dummkopf! Du musst dich doch über etwas
beklagen können.
- Aber ich bin gesund.
Franco begann wegen der Schwerfälligkeit von Andre
rasend zu werden.

- Klopfe!
Andre legte sein Ohr an die Tür, aber aus dem Haus ertönten überhaupt keine Geräusche.
- Nun mach schon, klopfe an, sage sich dir!
Andre klopfte unentschlossen einmal an die Tür, dann ein zweites Mal. Eine Minute lang herrschte völlige Stille, unsere Kameraden warteten ganz leise. Plötzlich wurde die Tür geöffnet und auf der Schwelle war sie erscheinen... Ihr Busen und das verwunderte Gesicht war das erste, was den „Verschwörern" auffiel.
- Entschuldigen Sie bitte. Wir benötigen die Hilfe eines Arztes, - Franco wollte dabei nur eines. Solange wie möglich in Gesellschaft dieser wunderschönen unbekannten Frau zu bleiben. Bei Tageslicht war Bianca genauso göttlich wie gestern Abend, sie brachte dadurch den jungen Windbeutel um den Verstand. Die Energie der Lust und des Herrschsucht wurde von Franco so stark ausgestrahlt, dass Bianca sofort alles durchschaut hatte. Sie fühlte solche Dinge immer. Auf ihrer Zunge zwang sich die Frage auf: „Wo ist der dritte im Bunde?" Aber ein Spiel hat seine besonderen Regeln.
- Ist der Arzt zu Hause? – Andre versuchte in das Zimmer einen Blick zu werfen.
- Ja, natürlich. Mein Mann ist zu Hause, - Bianca ließ die jungen Männer ins Haus herein. Wenn sie spielen wollen, dann schon richtig, entschied sie für sich. Sie wollte gerade nach Matteo rufen, aber da konnte es Franco nicht widerstehen ihr ein Kompliment zu machen:
- Bitte vielmals für meine Dreistigkeit um Entschuldigung, aber Sie sind so wunderschön...
- atmete er ganz begeistert aus.

Darauf antwortete ihm Bianca mit dem besonderen Blick einer Frau, die nie an ihrer eigenen Schönheit gezweifelt hatte.

Der Doktor hatte buchstäblich sofort die Scheinkranken empfangen. Franco konnte es nicht erwarten, ihn zu sehen. Er betrachtete den Mann mit Interesse, der so eine prächtige Ehegattin hatte. Dabei versuchte er zu begreifen, welche Fähigkeiten es dem Doktor ermöglichen, so ein wunderbares Geschöpf stets in seiner Nähe zu haben. „Und in was ist er besser, als ich? – fragte der freche Franco seinen Busenfreund. Andre konnte darauf nichts antworten, weil Bianca diese Worte auch gehört hatte. Sie musste darüber herzlich lachen, aber sie bot den Gästen dennoch sehr höflich an, sich zu setzen.

- Na dann, junger Mann, erlauben Sie mir bitte, Sie zu untersuchen, - Matteo hatte dabei nicht den leisesten Schimmer, welcher Platz für ihn in diesem Schauspiel vorgesehen war.

- Hier, Doktor. Es schmerzt jetzt immer noch.

Andre hätte für seine Vorstellung wahrlich einen großen Applaus verdient.

- Wie lange schlafen Sie? Ist ihr Schlaf normale Weise tief und fest? - Matteo versuchte dadurch den Grund für die Erkrankung herauszufinden.

Franco saß auf der Besuchercouch und schaute auf Andre, der anscheinend bereits den wahren und eigentlichen Grund seines Kommens bereits vergessen hatte. „Mir kommt es so vor, als ob er mittlerweile wirklich darüber erzählt, was ihm Sorge bereitet".

- Könnten Sie mir etwas Wasser geben. Ich habe plötzlich einen trockenen Hals bekommen, - drängte sich Franco in die unverständliche und für seinen Geschmack viel zulange dauernde Unterhaltung ein.

- Ja, natürlich. Außerdem bin ich mit meiner Untersuchung gerade fertig geworden. Junger Mann, ich würde Ihnen dringend raten, Ihren Lebensstill zu verändern. Darin liegt nämlich die Hauptursache, der Sie so stark quellenden Kopfschmerzen, - der Arzt reichte Andre ein Fläschchen mit einer Mixtur.

Andre fing sogar zu schwitzen an. Seine „Rolle" erwies sich als ziemlich schwierig. Aber was für eine Ungerechtigkeit! Der Kelch mit Wasser wurde wieder von Bianca gebracht, somit blieb Andre unbelohnt für seine Mühen. Beim Wasseranbieten, bog sich Bianca zum auf der Couch sitzenden Gast herunter. Dieser bekam sogar Atemnot wegen solcher Nähe zur Frau...

Franco hat das ganze Wasser ausgetrunken. Jetzt hatte er wirklich Durst. In seinem Inneren brannte alles.

Andre musste irgendwie aus dieser blöden Lage herauskommen:

- Vielen Dank. Wir gehen, - er zog Franco an seiner Hand. Die Selbstbeherrschung seines Kameraden war ganz verschwunden. Andre verabschiedete sich im Namen von beiden und zerrte seinen Freund weg. Franco hatte es sogar nicht mehr geschafft, Worte die beim Abschied üblich sind, auszusprechen.

Nachdem sie die Tür hinter den Gästen geschlossen hatte, musste Bianca noch eine Weile herzlich lachen.

Die Vorstellung war zu Ende gegangen.

Stefano war es Leid auf seine Freunde zu warten. Aus den Fenstern der Nachbarhäuser guckten bereits mehrmals neugierige Bürger heraus. Plötzlich tauchte Franco zusammen mit Andre auf der Straße auf.

- Du hast was verpasst... – Andre platzte beinahe, wegen dem Wunsch Stefano so schnell wie möglich alles zu erzählen, was sie dort gerade eben erlebt haben.

64

Franco schwieg und brachte kein Wort heraus.

Die jungen Männer gingen in die Richtung des Kanals Grande. Franco trottelte während des ganzen Weges hinterher und wiederholte immer wieder: „Göttin!"

Stefano wollte sehr gerne alle Einzelheiten erfahren, aber egal wie detailliert Andre ihm die abenteuerliche Geschichte auch erzählte, konnte Stefano dennoch nicht begreifen, was genau bei Franco so einen tiefen Eindruck hinterlassen hatte. Andre fehlte die Wortgewandtheit, um alle Vorzüge von Bianca richtig zu beschreiben. Mittlerweile bedauerte es sogar Stefano, dass er nicht an diesem Schauspiel teilgenommen hatte.

- In welchem Verhältnis stehen sie zum Arzt? – fragte er.

- Die jüngere ist anscheinend seine Tochter. Und die... andere, von der Franco nicht genug bekommen kann, ist seine Frau. Hör schon auf mich so anzuschauen! Ich dachte, ich würde es nicht mehr schaffen, ihn von dort wegzubringen.

Zur selben Zeit wiederholte Franco noch einmal: „Göttin!"

- Er braucht sich keine falschen Hoffnungen zu machen, - setzte Andre fort. – Er wird sich mit einer Kurtisane zufrieden geben müssen.

Die weibliche Schönheit, die einen betörend macht und hinter sich her zieht, hat den armen Franco so stark in ihren Bann genommen, dass er alles andere auf der Welt vergessen hatte. Seine Augen waren voller Leidenschaft, die leider niemals befriedigt werden könnte.

Kapitel 17

„Franco, Franco!" Wer hätte gedacht, dass er sich so stark verlieben würde. Stefano hatte bis jetzt noch nie die Möglichkeit das Gefühl der wahren Liebe richtig zu erfahren. Es blieb für ihn als etwas Unbekanntes. Obwohl er früher wohl kaum seinen Freund beachten würde, der gerade wegen der unbeantworteten Leidenschaft zu Grunde ging. Aber jetzt war Stefano sogar bemüht, den Seelenzustand seines Kameraden zu begreifen. Man hatte den Eindruck, dass der arme Franco in den letzten Tagen, sogar etwas abgenommen hatte.

Seine Gedanken wurden vom Diener gestört, der ins Zimmer kam, um seinen Herren zu wecken.

- Sind Sie bereits wach?

Nachdem er ein paar Sekunden gezaudert hatte, fragte Stefano: - Michey, hast du jemals in deinem Leben jemanden richtig geliebt?

Michey stammelte:

- Ne... – solche Fragen machten ihn immer ganz stutzig.

- Also hast du dieses Gefühl selber auch noch nie erfahren? – sagte Stefano enttäuscht. – Und kannst du mir wenigstens sagen, ob es alle heimsucht, oder nicht?

Michey sah ein, dass es keinen Sinn macht die Frage einfach zu verneinen und antwortete:

- Die Liebe kommt nicht zu allen. Manche durchleben ihr ganzes Leben und sterben, ohne dabei jemals ihre Kraft zu erfahren.

- Ach so ist das also...

- Was ist denn mit Ihnen, Herr Stefano? Haben Sie vor, etwa noch länger zu philosophieren?

- Ach, lass mich doch in Ruhe. Man wird doch noch in Ruhe nachdenken können.

- Sie werden gezwungen sein diese Überlegungen zu beenden, - sagte der Diener. Er sah aus dem Fenster die sich nähernde Patricia.

- Wer kommt denn da noch? – Stefano war gerade nicht in der passenden Stimmung, um Gäste empfangen zu wollen.

- Ach, diese da, wie heißt sie noch mal, Ihre Patricia.

- Lass sie reinkommen.

Michey ging, um den Befehl auszuführen: „Anscheinend wird er heute den ganzen Tag im Bett verbringen. Sie wird es schon nicht lassen, dass er das Bett verlässt. Ich gehe jede Wette ein, dass diese Prostituierte in einer Minute dort landen wird."

Er ließ das Flittchen nur widerstrebend herein. Diese war so ins Haus gestürmt, als ob es ihr eigenes wäre, dabei warf sie ihren Hut Michey direkt ins Gesicht. Nach ein paar Minuten waren Gelächter und Stefanos Schrei zu hören: „Michey, bring uns etwas zu trinken".

Patricia war bereits in seinem Bett. Nur ihre nackten Schultern ragten heraus.

- Wo haben Sie denn gestern gesteckt? – Ich habe den ganzen Tag Sie gesucht.

- Ach, ich war an so einem Ort, - Stefano hatte überhaupt keine Lust dazu, Patricia in seine Geheimnisse einzuweihen.

- Und was für ein Ort war es genau? – Patricia wollte einfach keine Ruhe geben.

- Wir waren in Fondaco.

- Und warum habe ich Sie dort nicht getroffen.

- Du hast eben nicht gut genug gesucht, - Stefano versuchte dieses Gespräch zu beenden. Er küsste Patricia

und hoffte dabei, dass sie wenigstens jetzt ruhig sein wird. So war es auch. Die Kurtisane vergaß alles auf der Welt. Sie schmiegte sich mit ihrem ganzen Körper an ihn und versuchte dabei seine Zunge gefangen zu nehmen...
Stefano hatte einen Geistesblitz. Natürlich, man muss Gleiches, mit Gleichem behandeln. Ich werde mich persönlich um Francos Heilung kümmern.
- Patricia, sage mir Mal, du hast nicht zufällig eine Freundin?
Man konnte sehen, dass Patricia nicht so recht begreifen kann, was ihr Liebhaber damit bezwecken will.
- Aber sie muss sehr hübsch sein.
- So, wie ich? – Patricia hatte es endlich geschafft, Stefanos Zunge gefangen zu nehmen. Das Gespräch wurde unterbrochen.
- Ich muss einen Kameraden retten.
- Liegt er etwa im Sterben?
- Verstehst du... ihm ist es sehr langweilig. Eine Frau würde ihm nicht schaden...
- Ach so. Das solltest du gleich sagen.
- Wann wirst du sie mir zeigen?
- Oder bist du etwa selber der einsame Kamerad? – Patricias schöne Augen waren voller Eifersucht. Sie warf ein Kissen auf Stefanos Gesicht.
- Du hast mich falsch verstanden! – Stefano warf mit Gewalt das Kissen von sich, welches ihn am Atem hinderte.
- Und wie sollte ich dich sonst verstehen?
- Ich muss mich selber davon überzeugen, dass deine Freundin wirklich genauso hübsch und attraktiv ist, wie eine bekannte Frau von mir...
- Hör auf, mich zu verwirren. Erzähle mir lieber alles in allen Einzelheiten.

68

Es blieb ihm nichts anderes übrig, Stefano erzählte über die Quallen seines Freundes. Natürlich verlor er in weißer Voraussicht kein Wort über diejenige, über die er selber die ganze Zeit nachdachte.

Kapitel 18

Sie musste lange warten. Patricia versuchte sich mit irgendetwas die Warterei zu vertreiben. Dabei betrachtete sie die Gardinen, die eine modische Farbe hatten, die Polsterungen an den Wänden und die erlesene Möbel, die viel Geld gekostet hatte.

„Die Liebhaber geizen hier nicht mit Geld" – die Kurtisane wurde ganz neidisch. Der Prunk war überall vorhanden. Sie betrachtete ausgeklügelte Gegenstände, welche sie selber gerne besitzen würde.

Die nächste Tür tauchte direkt vor ihr auf. Patricia streckte ihre Hand zur Türklinke, um sie zu öffnen... Plötzlich spürte sie, dass sich noch jemand in diesem Raum befindet. In wenigen Sekunden fand sie sich zuerst in starken Händen wieder, danach stellte Patricia fest, dass sie sich nicht länger kontrollieren kann und landete in einem fremden Bett. Außer einer schwarzen Maske und eines entblößten Männerkörpers konnte sie nichts sehen. Die Kurtisane versuchte noch ein paar Sekunden Gegenwehr zu leisten, aber nachdem sie begriffen hatte, dass ihr außer fleischlichem Vergnügen nichts Schlimmes bevorsteht, wurde sie entspannt und gab sich der Lust hin. Sie konnte sich nicht länger zurückhalten, weil die erfinderischen männlichen Hände sie überall liebkosten. Sie hatte das Gefühl, als ob diese Hände in wenigen Minuten an

allen intimen Stellen ihres Körpers anwesend waren...
Das männliche Glied durchdrängte ihr Inneres und zwang
sie sich dem Rhythmus der Bewegungen zu unterwerfen.
„Noch mehr!" – schrie Patricia und wand sich dabei wie
eine Schlange herum...

- Hat es dir gefallen?

Patricia zückte zusammen, weil sie so überrascht war.
Die weibliche Stimme hat sie auf dem falschen Fuß er-
wischt.

- Und wo ist dieser maskierte Kerl? – antwortete Patricia
mit einer Gegenfrage auf die Frage, nachdem sie Beatriss
neben sich entdeckt hatte.

- Willst du noch mehr? - die Hausherrin setzte sich aufs
Bett neben der nackten Patricia.

Patricia wusste nicht, mit was sie anfangen sollte.

- Es gibt da einen jungen Mann, der sich vor Einsamkeit
sehr stark langweilt. Kannst du ihm da nicht weiterhel-
fen?

- Das Geld im Voraus.

- Hier! – Patricia reichte ihr einen Beutel mit Dukaten,
welchen ihr Stefano gegeben hatte.

- Wann?

- Ich bin immer in guter Form und jederzeit bereit.

Nachdem sie etwas Wein getrunken hatte und mit ihrer
alten Freundin ein wenig gequatscht hatte, ging Patricia
nach Hause. Sie musste ihren Körper und ihre Gedanken
in Ordnung bringen. Denn sie standen momentan in einer
starken Diskrepanz zur Realität. Nachdem sie für einen
kurzen Augenblick sich vorgestellt hatte, wie Stefano
völlig entkräftet in den Armen von Beatriss liegt, sagte
Patricia zu sich selber: „Das werde ich niemals zulassen!"

70

Kapitel 19

Der Tag neigte sich dem Abend zu. Nachdem sie noch aus der Ferne eine Gruppe junger Männer gesehen hatte, nährte sich Patricia dieser Gruppe.

- Na schau Mal an, wer uns Gesellschaft leistet, Patricia! Andre war nun gezwungen gleich für zwei zu reagieren. Franco blieb auch weiterhin gleichgültig allem gegenüber, was um ihn geschieht. Außer den kargen Begrüßungsworten hatte sie nichts anderes von ihm gehört. „Stefano hat nicht gelogen", - dachte Patricia und beobachtete dabei Franco ganz genau.

- Komm mal her, - nachdem sie sich bei Stefano mit ihrem Arm eingehakt hatte, führte ihn Patricia bei Seite, damit niemand ihr Gespräch mithören könnte. – Ich habe alles arrangiert.

- Und die Adresse?

- Die Adresse werde ich später nennen.

- Und der Name?

- Wenn sie selber Lust dazu haben wird, dann wird sie ihn später selber sagen. Bitte um Entschuldigung, aber so sind nun mal die Spielregeln. Was werden wir jetzt unternehmen?

- weil sie sich dabei an die „erfinderischen Hände" erinnerte, musste Patricia leise lachen.

- Hierher! Hierher! – riefen Andre und Franco. Sie hatten gerade einen freien Gondelführer gefunden und ihn großzügig für einen Wasserspaziergang bezahlt.

Überall huschten ähnliche Lebemänner und – Frauen, die unseren Bekannten sehr ähnlich waren. Manchmal konnte wegen einer Unaufmerksamkeit der Gondelführer ein Zusammenstoß nicht vermieden werden. In solchen Augenblicken konnte man die Verbündeten im Müßiggang besser erkennen. Aber alle hatten ziemlich bald das Gondelfahren satt, ihnen wurde es schnell langweilig.

„Ich werde es jetzt wagen!" – entschied Patricia für sich. Die Kumpels schlenderten ihr hinterher.

- Von hier wird mich Franco alleine begleiten, - ordnete die Kurtisane an.

- Nein, lieber gehe ich mit dir, - Andre wollte für Franco einspringen, weil er sah, dass dieser überhaupt keine Lust dazu hat, Patricia zu begleiten. Stefano hat mittlerweile begriffen, was Patricia vorhat und versuchte deshalb Andre zu beruhigen.

- Franco wird mitgehen und wir beide werden hier auf sie warten.

Der nichtsahnende Franco wurde von Patricia weggeführt und was Andre angeht, so könnte sich dieser noch lange Zeit nicht beruhigen.

Ein Diener öffnete auf Patricias Klopfen die Tür und ließ die Gäste ins Haus eintreten. Danach wurde die Tür geschlossen, um damit vor fremden Augen zu verbergen, was dort weiter geschehen wird...

Nachdem Andre eine Zeit lang still stand, regte er sich auf:

- Und was ist mit Patricia? Wird sie etwa auch dort bleiben?

Nur nach dieser Frage hat sich Stefano dazu entschieden, seinem Kameraden die ganze Wahrheit zu erzählen. Darauf musste Andre von Herzen lachen:

- Vielleicht sollten wir auch dorthin gehen, - er wollte wenigstens einen kurzen Blick darauf erhaschen, was Franco dort treibt. Aber am Ende musste er sich doch Stefanos Willen beugen und mit diesem zusammen in Richtung des Fondaco Viertels gehen.

72

Bei Tagesanbruch war neben den beiden Freunden plötzlich Franco aufgetaucht.

- Na sage Mal, du hast vielleicht Nerven! – dabei klopfte er Stefano auf die Schulter.

- Du musst Patricia danken, - antwortete Stefano. Die rasche Genesung seines Freundes freute ihn, sie hatten ihn wieder erlangt.

- Und wo ist deine Retterin? – Andre erinnerte sich plötzlich an sie.

- Ich dachte, sie wäre bei euch. Wartet mal, ich hatte weibliches Stöhnen gehört. Diese Stimme klang Patricias Stimme ganz ähnlich...

Das Gelächter war so laut, dass man Francos Stimme nicht mehr hören konnte. Es mag zwar seltsam klingen, aber Stefano war wegen ihr überhaupt nicht eifersüchtig. Es interessierte ihn nicht im Geringsten, mit wem sie die letzte Nacht verbracht hatte. Er war deswegen sogar nicht beleidigt, es war ihm einfach egal.

Kapitel 20

Es hatte vier Tage lang ununterbrochen geregnet. Die Erde konnte die Feuchtigkeit nicht mehr aufnehmen, deshalb gab es überall Pfützen. Es tauchten immer mehr Blasen auf, die daraufhin deuteten, dass es noch eine ganze Weile so weitergehen wird. Die Wurzeln der Bäume entblößten sich und man konnte ihre komplizierten Windungen beobachten. Anscheinend wurde es sogar unter der Erde wegen den Wassermassen ziemlich eng – Regenwürmer waren zur Freude der Vögel in Massen herausgekrochen. Die Wassertropfen hingen auf jedem

Ast und jedem Blatt, dadurch bildeten sie eine Art Silber-Lagerstätte! Für einen kurzen Augenblick konnte die Sonne das Wolkenband durchdringen und dann wurde das Silber in Brillanten verwandelt. Sie waren so zahlreich, dass bestimmt niemand irgendwo anders so eine große Anzahl an „Edelsteinen" beobachten konnte.

Matteo kehrte mit seinem Ziehvater vom Besuch eines Schwerkranken zurück.

- Übrigens, hast du schon einmal über Elias Zukunft nachgedacht, - fragte Santorio seinen Sohn. – Nein? Ich an deiner Stelle, würde mich sofort um diese Sache kümmern.

- Aber sie ist doch noch ein Kind!

- Bei meinem letzten Besuch bei dir zu Hause habe ich nicht ein Kind gesehen, sondern schon eher eine junge Frau, die von der großen Liebe träumt.

- Was sagst du da, mein Vater? Elia und die Liebe! Nein, nein, es ist ganz unmöglich.

Plötzlich sahen sie für sich völlig unerwartet Elia. Diese hatte sie nicht gemerkt und ging an ihnen vorbei.

- Na, wirst du auch jetzt weiterhin behaupten, dass sie noch ein Kind ist? – fragte Santorio und triumphierte dabei.

Matteo schaute das erste Mal in seinem Leben seine Tochter aus einem anderen Blickwinkel an. „Handelt es sich bei dieser Schönheit wirklich um meine Tochter?" – wunderte er sich.

- Warum starrt Ihr sie so an? – Santorio versuchte erfolglos die Männer in der Gondel akustisch zu erreichen, die über Elia redeten.

Elia ging und bemerkte überhaupt gar nichts von dem, was um sie geschah. Sie wollte sehr den Schönling mit den grünen Augen wiedertreffen.

74

- Wohin rennt sie denn?
- Ich weiß es nicht, vielleicht hat sie Bianca zum Markt geschickt?
- Und das beim Regen?
Währenddessen, war Elia auf die Rialto Brücke gerannt und schaute auf die darunter gleitenden Gondeln. Unsere Verfolger hatten sich eine Viertelstunde lang unter der Brücke versteckt gehalten und konnten danach trotzdem nicht verstehen, auf was Elia so lange wartet.
- Seien Sie gegrüßt, Herr Doktor! – Matteo war so darüber überrascht, dass er fast hochgesprungen wäre.
- Guten Tag, - sprach er die übliche Höflichkeitsphrase, um sich dadurch von Patienten zu entledigen, die in ihm ihren Lieblingsarzt erkannt hatten.
- Werden wir noch lange hier warten müssen? Ich habe so ein Gefühl, als ob jeder Venezianer uns persönlich begrüßen wollte.
- Woher soll ich denn das wissen, du musst schon deine Tochter darüber befragen.
Man hatte den Eindruck, als ob Elia in die Brücke eingewachsen war. Sie bewegte sich nicht und schaute dabei ganz fokussiert in verschiedene Männergesichter, die an der Rialto Brücke vorbeihuschten.
- Meine Füße sind eingeschlafen! Es ist hier sehr unbequem, - beklagte sich Matteo. Sie standen nun bereits seit etwa einer Stunde hinter irgendwelchen dreckigen Körben mit stinkigem Gemüse versteckt.
Plötzlich sah Santorio, dass Elia jemanden entdeckt hatte. Sie betrachtete ganz genau drei Männer und eine schöne Frau. Plötzlich rannte Elia los und man hatte dabei keine Zeit, um zu überlegen, warum sie das getan hat.
Santorio und Matteo verlangsamten ihren Schritt erst dann, als sie festgestellt hatten, dass Elia zu sich nach

Hause gelaufen war. Nun könnten sie etwas zu Atem kommen. Im Gegensatz zu seinem Sohn, war der alte Santorio davon überzeugt, dass Elia kein Kind mehr war. Die finale Szene ihres seltsamen Spazierganges hatte diese Tatsache mit aller Deutlichkeit unterstrichen. Bianca bückte sich, um ein heruntergefallenes Messer aufzuheben, in diesem Moment hatte sie flüchtig die Beine und den Saum des Rocks ihrer Tochter gesehen, die vorbeigelaufen war. Und buchstäblich ein paar Minuten später, haben Matteo und Santorio das Haus betreten. Dabei sahen die beiden so aus, als ob ein ganzes Hunderudel, während des ganzen Tages hinter ihnen her war.
- Wo wart ihr denn? – fragte sie und hielt sich dabei mit ihren Fingern penibel die Nase zu. Danach nahm sie vom Anzug ihres Mannes den Rest eines übel riechenden Gemüses oder Obstes, denn in der jetzigen Verfassung könnte es wohl keiner mehr schaffen den Gegenstand genau zu definieren.
- Wo wir waren? Wir wollten zum Mittagessen etwas kaufen, aber uns hat dabei nichts gefallen – du kannst es ja jetzt selber sehen, da war nur noch Fäulnis und Moder übrig.
- Ich hoffe, dass ihr nächstes Mal mit frischem Gemüse etwas mehr Glück haben werdet...
- Bianca hatte erraten, dass es alles faule Ausreden war. – Habt ihr Hunger?
- Oh ja und wie! – Matteo wollte sie gerne küssen. – Wir werden sofort alles aufessen.
Hab ich Recht, Vater?
Elia stand nun neben dem geöffneten Fenster. Sie hielt ihre Handfläche unter die Regentropfen. Ihr Blick war abwesend und ausdruckslos, das war ein Blick ins nirgendwo. Man hatte den Eindruck, als ob das Wasserele-

76

ment nicht gleichgültig zu den Quallen des jungen Mädchens geblieben war. Die Naturgewalt versuchte ein Stück ihres Schmerzes auf sich zu nehmen. Denn das war in ihrer Gewalt, negative menschliche Emotionen fort zu spülen, mit denen wir die ganze Umgebung füllen.

Die Quallen der jungen Frau waren so groß, dass sie damit nicht aufhören konnte, immer wieder in Tränen auszubrechen. Elia war noch jung. Sie spürte das erste Mal in ihrem Leben die Quallen der Eifersucht, die ihr unerträglich vorkamen.

Ende von Teil I.

Teil II

Behüte dich so flehe ich und zwar für immer,
Wirst du mir verzeihen und wirst schon wieder dazu
bereit sein.
Du – mein Engel den Himmel meinetwegen zu verlassen,
Wirst du wieder in die geliebten Augen schauen wollen.

Ich bitte den Schnee, dass er niemals schmelzen soll,
Ich will mein Gedächtnis für immer löschen.
Diesen meinen Schmerz werde ich nie vergessen wollen,
Deine Gestalt werde ich dennoch in meinem Herzen
verwahren.

Das Frühlingstauwetter kommt manchmal,
Als du Frost erwartest und dann,
Wird ein Licht auf das schmale Fenster scheinen,
Es wird vom Himmel regnen, aber dennoch.

Ich – dein Engel, denke nicht daran, dich zu verlassen,
Ich werde das irdische Paradies für dich retten.
Du wirst auf weißen Flügeln hochfliegen,
Wirst ausrufen, dass wir dennoch mit dir zusammen sind.

Ich liebe dich, und zwar in aller Ewigkeit,
Ich werde deinen Blick nie vergessen können.
Und die Liebe wird durch den weißen Schnee verweht
werden,
Und wird im Frühling mit dem Tauwetter dennoch
zurückkehren.

- Schau dir nur an, wie rasch du Franco heilen konntest! Er quält sich nicht mehr, wegen der Frau des Doktors, - Andre besuchte Stefano und kam gerade zum Mittagsessen. Die Kameraden saßen am Tisch und redeten über ihren Freund. – Und ich muss manchmal an die zweite Frau zurückdenken, - gab Andre zu.

- Vielleicht wird dir auch dieselbe Medizin helfen können, die Franco bekommen hat? Es wirkt reibungslos, davon konntest du dich ja selber überzeugen, - lachte Stefano.

- Ach, warum eigentlich nicht, irgendwann werde ich sicherlich davon Gebrauch machen. Weißt du, Franco hat einmal mir erzählt, dass er fast jede Woche dorthin geht. Aber es ist teuer. Man braucht dazu viel Geld.

- Wenn du Vergnügungen willst, dann musst du eben dafür bereit sein – zu bezahlen. Ich kann es nicht jedes Mal für ihn machen, wenn er wieder Lust dazu hat.

- Mit Recht. Er sieht übrigens Patricia ziemlich oft dort.

- Zum Teufel mit ihr! Sie ist schön, mir gefällt es mit ihr die Zeit zu verbringen, das ist aber auch alles.

- Wenn das so ist, dann soll es mir auch egal sein.

Michey, der alles vom Anfang bis zum Ende gehört hatte, mischte sich in das Gespräch ein:

- Aber mir ist es nicht egal. Wenn ich an Ihrer Stelle wäre, dann würde ich diese Kurtisane nicht in mein Haus lassen.

- Ich werde die Sache schon selber regeln. Schenk uns lieber noch mehr Wein ein.

- Zu Befehl.

- Und hier kommt ja schon der Auferstandene, als ob er uns gehört hätte. Franco näherte sich Stefanos Haus und als er die Freunde auf dem Balkon gesehen hatte, winkte er ihnen mit der Hand.

- Komm zu uns, - lud ihn Stefano ein. – Wir sind gerade beim Weintrinken, - die Zunge des Hausherrn machte nicht den sichersten Eindruck. Stefano war bereits betrunken.

- Ich komme gleich, - Franco hatte gerade den Hauseingang erreicht und war nicht mehr zu sehen. Er liebte es ebenfalls Wein zu trinken und lehnte deshalb solche Angebote nie ab.

- Und wo ist Patricia? – wunderte sich Franco. – Als ich sie getroffen hatte, sagte sie, dass sie auf dem Weg zu dir ist.

- Stefano hatte sie zu allen Teufeln geschickt, anscheinend ist sie jetzt in der Hölle. Man muss sie dort suchen.

- Warum bin ich nicht selber darauf gekommen. Es kann sehr gut sein, dass Beatriss in Wahrheit ein Teufelsweib ist.

Mittlerweile war schon der zweite Weinkrug geleert. Er erwies sich aber als ein ungenügender Durstlöscher. Deshalb riefen die Freunde fast wie in einem Chor zu Michey: „Wein!"

- Sie haben doch bereits genug getrunken!

- Ob es genug, oder nicht genug ist, ist unsere Sache. Gehe und bringe uns eine neue Portion.

Michey geizte nicht mit dem Wein. Nur nachdem der dritte Weinkrug leergetrunken war, haben sich die jungen Männer, die mittlerweile alle stark betrunken waren, dazu entschlossen, einen Spaziergang zu machen. Obwohl sie sogar beim Stehen große Mühe hatten, ihre Füße waren ganz weich und instabil. Als erster war Andre verschwunden. Er wollte so stark auf die Toilette gehen, dass der junge Mann dieses Problem ganz einfach löste. Er begann direkt vom Balkon herunter zu klettern. Die Idee an sich, war vielleicht gar nicht Mal so schlecht, aber das Ergebnis ließ sehr stark zu wünschen übrig. Er fiel direkt in ein Regenwasserfass, aus dem Michey die Blumen immer gegossen hatte.

- Oh mein Gott! – der Diener bückte sich, um festzustellen, ob die Arme und Beine des Gastes nicht gebrochen waren.

- Mein Michey wird sofort alles in Ordnung bringen, - rief Stefano, zu seinem Freund, der im Fass steckengeblieben war.

- Sie sollten sich lieber etwas hinlegen, - Michey hatte es nicht eilig, dem betrunkenen Andre zu helfen. Man hatte ihn nicht dafür bezahlt. Alle seine Sorgen waren auf Stefano gerichtet.

- Lass mich in Ruhe, Michey, dann gehe ich eben selber, - Stefano ging, um Andre persönlich zu helfen, weil Franco bereits irgendwo unter dem Balkon war. – Michey, wo sind denn alle?

- Sie sind schon weggegangen...

- Weggegangen? Und wer ist dort, im Gebüsch?

- Gott sei mit Ihnen, Herr Stefano, dort ist doch niemand.

- Du sagst also, dass da Niemand ist? Aber ich sehe dort irgendwelche leuchtende Augen!

- Ihr müsst einfach weniger trinken, - Michey wurde sauer. Denn nun lag es an ihm, mit der ganzen Teufelei fertig zu werden. Nachdem er also den Rosenstrauch auseinander geschoben hatte und gerade sagen wollte, dass es hier niemanden gibt, fühlte er, dass jemand seine Hand ableckt. – Nanu, wird bist du denn? – wunderte sich der Diener, nachdem er einen kleinen Hund entdeckt hatte. – Hast du Hunger? Ich hatte heute zum Mittagessen...
Michey betrat als erster das Haus hinter ihm folgte der Gast auf vier Pfoten. Der immer noch nicht nüchtern gewordene Stefano ging am Ende der „Prozession".

Kapitel 1

Es wehte eine leichte Brise und wirbelte die weiße und
hell-rosa Bekleidung auf. Die Bäume wurden buchstäblich in wenigen Augenblicken entblößt. Sie schämten
sich wegen ihrer Nacktheit und der Wind, war so ein
Schlawiner, dass er aus ihren Blütenblättern einen flau-
migen Teppich bildete und diese prächtige Kleidung der
Erde anbot.

Stefano und die Tochter des Arztes haben sich schließlich
doch noch kennen gelernt. An einem Tag schlenderte der
junge Tunichtgut in der Stadt umher und sah zufällig...
ein junges Mädchen, welches eine sehr große Ähnlichkeit
mit dem Mädchen hatte, welches er im Haus des uns
mittlerweile bekannten Arztes gesehen hatte. Sie ging in
eine Kirche.

„Warum sollte ich auch nicht dorthin gehen?" – entschied
er sofort und folgte ihrem Beispiel. In den ersten Minuten
konnte er sich nur schwer zurechtfinden. Denn die Kirche
war eines der Orte, in denen sich unser junger Freund nur
äußerst selten aufhielt. Er verkroch sich in einer Ecke und
versuchte dabei diejenige ausfindig zu machen, wegen
der er hierher geraten war. Stefano traute sich sogar, sich
der jungen Frau zu nähern. Nachdem er das getan hatte,
stand er nicht weit entfernt, hinter ihrem Rücken.

Elia betete ganz fleißig, ohne dabei zu merken, was um
sie herum geschieht. Wie immer schüttelte sie vor Gott
ihre Seele aus, vielleicht schaute er in diesem Augenblick
vom Himmel auf sie und freute sich. Denn derjenige, für
den sie betete stand ganz in der Nähe und hatte nicht die
leiseste Ahnung, wie oft er in ihren Gebeten erwähnt
wird. Nachdem sie dem Herrgott gedankt hatte, drehte

sich Elia um und stieß, Nase an Nase, mit dem, von dem sie so lange geträumt hatte. Sie wusste nicht, was sie zu ihm sagen sollte. Nachdem ihr nichts eingefallen war, verabschiedete sie sich von ihrem Geliebten und ließ dabei den perplexen Stefano mit seinen Gefühlen alleine zurück. Er hatte nicht erwartet, dass die junge Frau ihn gleich stehen lassen wird, ohne ihm nur ein Wort zu sagen. Während Stefano noch in das grelle Licht der Kerzenflammen schaute, dämmerte es ihm langsam, dass er sich von Elia nicht trennen will. Er versuchte sie einzuholen...

Die neue Bekanntschaft unterschied sich für Stefano von den vorherigen, von denen er die Nase bereits gehörig voll hatte. Er verbarg seine Gefühle vor seinen Freunden und Bekannten. Denn er wollte nicht als Belustigung für seine Freunde dienen, wie es im Fall mit Franco geschehen war. Allerdings war sich Stefano nicht sicher, ob er von seinen Quallen auf die gleiche Art und Weise befreit werden wollte, indem er zur selben Medizin greift, welche seinen Freund geheilt hatte. Es mag seltsam klingen, aber seine Liebesquallen waren für ihn sogar kostbar, obwohl die Sehnsuchtsanfälle manchmal so stark waren, dass der junge Mann es nicht länger aushielt und sich auf den Weg zum Haus seiner Geliebten aufmachte. Er hoffte dabei wenigstens flüchtig einen Blick auf das Objekt seiner Begierde erhaschen zu können. Zur selben Zeit guckte Elia aus dem Fenster auf den unten sitzenden Stefano und bedauerte es sehr, dass sie nicht zu ihm nach unten gehen kann, um ihn zu umarmen.

Kapitel 2

Franco verheimlichte dennoch vor seinen Freunden die ganze Wahrheit. Ab und zu sehnte er sich doch sehr stark nach der Frau des Doktors, die für ihn unerreichbar war. So wie auch jetzt, während seine Freunde zum Abendessen in den Palast Giustinian eilten, wo sich alle Aristokraten von ganz Venedig versammeln werden, hoffte Franco dort darauf, mit viel Glück Bianca wiedertreffen zu können.

Der Saal für die Gäste befand sich im zweiten Stock des insgesamt vierstöckigen Gebäudes, welches noch im 15. Jahrhundert gebaut wurde. Wie immer, lenkte Stefano mit seinen raffinierten, gut erzogenen und salonfähigen Manieren, viel Aufmerksamkeit auf sich. Seine Schönheit und Verführungskunst ließen weder den Männern, noch den Frauen keine Ruhe. Die ersten fürchteten ihn, als einen ernstzunehmenden Rivalen und die zweiten versuchten mit allen Mitteln, seine Aufmerksamkeit auf sie zu lenken. Als bekannt geworden war, dass dieser Schönling noch einer reichen und ehrenwerten Familie angehört, spürte Stefano sogleich die Wohlgesonnenheit einer Gesellschaftsschicht, zu dem für andere der Zugang versperrt war.

- Erlauben Sie mir bitte, Ihnen meine Tochter vorstellen zu dürfen! – die ehrenwerten Mütterchen träumten davon, Stefano sich einzuverleiben. Das alles erinnerte ihn an Bälle, die für ihn früher von seinen Eltern organisiert wurden.

„Ich habe nicht vor zu heiraten, ihr bemüht euch ganz umsonst", - er verschwand immer ganz schnell, sobald sich eine weitere Kandidatur näherte, die ihn seiner Freiheit berauben wollte.

Die Kurtisanen konnten es sich auch nicht erlauben, so eine bedeutende Veranstaltung zu meiden, wie es der heutige Ball war. Die Prostituierten gaben damit an, dass die Oberhäupter adeliger und edler Geschlechter eher ihnen, als ihren eigenen Familien gehörten. Dabei dachten die Kurtisanen, dass sie es sogar mehr verdient hätten, als die Ehefrauen der Reichen. Deshalb bot sich den untreuen Männer eine sehr interessante Vorstellung: die Geliebten und die Ehefrauen stießen Nase an Nase zusammen, dabei hassten sie und verachteten sie einander. Plötzlich tauchte für Stefano völlig unerwartet Patricia neben ihm auf. Sie wich nicht für eine Minute von seiner Seite. Die Kurtisane gab dadurch allen zu verstehen: dieser Schönling gehört nur ihr allein. Patricia hing an ihm und stellte dadurch allen ihr Verhältnis zur Schau.

Im Gegensatz zu Stefano, konnten Franco und Andre frei mit denjenigen flirten, die ihnen gefielen. Stefano hatte überhaupt keine Chance, es ihnen gleich zu tun. Nachdem sie ihn in irgendeine dunkle Ecke getrieben hatte, ließ sie ihre Hand in seine Hose gleiten. Patricia wollte dadurch die Aufmerksamkeit ihres Liebhabers die ganze Nacht lang nur auf sie lenken.

Stefano wollte ein wenig frische Luft schnappen. Mittlerweile bekam er Brechreiz, wenn er nur an Patricia denken musste. Er huschte wie ein Zauberer durch die Türen des Giustinian Palastes, die so schnell hinter ihm geschlossen wurden, dass niemand sein Verschwinden bemerkt hatte. Stefano konnte nicht genug von der Freiheit haben, welche er sich durch seine eigene Geschicktheit verdient hatte.

Die Nacht ging zu Ende, der Morgen brach an. Stefano wollte nicht schlafen.

Aus irgendeinem Grund erinnerte er sich an die all möglichen Edelstein-Kinkerlitzchen, welche während des Balles die Hälse der edlen Weibsbilder schmückten. Eine Minute später ertönte aus seinem Zimmer ein lauter Schrei.

- So laut hatte mein Herr vorher noch nie gerufen, - wandte sich Michey zum Hund, der nun in ihrem Haus lebte. Danach gingen beide in Stefanos Schlafzimmer.

- Gib es sofort zu, wo hast du meine kleine Schlange versteckt?

- Oh meinen Gott, über welche Schlange sprechen Sie denn? Leben in unserem Haus etwa auch noch Schlangen? Ich habe sie noch nie gesehen und selbst wenn ich sie gesehen hätte, dann würde ich keine weitere Sekunde in einem Haus bleiben, wo sich solche Kreaturen angesiedelt haben.

- Hör sofort auf, sinnlos umher zu labern. Ich frage dich noch einmal, wo hast du meine Schlange hingetan?

- Wenn Sie mir freundlicher Weise zuerst erklären würden, von welcher Schlange die Rede ist. Dann werde ich Ihnen vielleicht helfen können.

- Hör sofort damit auf, dich ganz dumm zu stellen! Du hast doch selber zuerst das Schmuckstück geklaut und danach sagst du: „Ich würde nie in einem Haus bleiben, in dem Schlangen leben".

- Ach so, es handelt sich dabei, um ein Schmuckstück? Hätten Sie es doch gleich gesagt. Ich habe dieses Schmuckstück nicht gesehen.

- Ich werde dir gleich eine Tracht Prügel verpassen! Er will also weder eine Schlange, noch ein Schmuckstück gesehen haben.

86

- Ich habe ihn, oder sie mit meinen eigenen Augen noch nie gesehen...

Nachdem Stefano ein wenig zu sich gekommen war, dachte er: „Eigentlich ist es war, in meinem Haus war vorher noch nie etwas abhanden gekommen". Der Diener wurde ihm von seinen Eltern „überreicht".

- Du behauptest also, dass du diese Schlange noch nie gesehen hast?

- Und wohin haben Sie das Schmuckstück gelegt? Vielleicht liegt es nach wie vor an diesem Ort seelenruhig und wartet auf Sie.

- Ich kann mich genau daran erinnern, dass ich die Schlange in ein Taschentuch gewickelt hatte und ihn in diese Anzugtasche gelegt hatte. Ja, das Taschentuch ist immer noch da. Aber wo ist der Schmuck?

Sie überprüften alle anderen Anzüge. Jede Tasche wurde auf die linke Seite gedreht.

- Und diese, Ihre Patricia? – fragte Michey. – Könnte sie es sein?

- Patricia? Ich habe ihr so viel Schmuck geschenkt, war es etwa ihr dennoch nicht genug?

Und wenn sie es tatsächlich ist? Aber wann könnte sie es getan haben?

- Ich kann mich an einen Vorfall erinnern. Sie kam zusammen mit Ihnen, hatte aber danach das Haus selbstständig verlassen.

- Das stimmt. Dafür wirst du dich gleich vor mir verantworten müssen! – rief Stefano bereits im Gehen.

Er hetzte erzürnt durch die Stadt, ohne dabei zu merken, was um ihn geschieht. Nachdem er die Treppe zum zweiten Stock hochgestiegen war, klopfte er mit dem Fuß lässig an der Tür.

Patricia machte auf und sah Stefano vor sich.

- Mein Hübscher! – sagte sie mit einer fröhlichen Stimme und ließ dabei die leichte Decke, mit dem sie sich vorher verhüllt hatte, von ihrem Körper gleiten. Das Seidengewebe entblößte ihren Körper, so dass Patricia nun ganz nackt da stand.

- Wo ist meine Schlange? Wo ist mein Kollier?

Patricia erinnerte sich an das verbrannte Papierblatt mit der weiblichen Figur, dem Mond und den Kringeln. „Es hat also begonnen! Hätte ich doch bloß nichts verbrannt" – schwirrte es in ihrem Kopf umher. Sie hatte Stefano vorher noch nie so erzürnt gesehen und ihr war klar, dass es ihr gleich an den Kragen gehen wird. Deshalb schmiegte sie sich ganz eng an ihn und versuchte ihn dadurch zu verführen.

Stefano stieß die Kurtisane grob von sich. Nun war ihm nicht zu scherzen zu Mute, er war sogar tatsächlich dazu bereit, Patricia zu schlagen. Sie sah ein, dass die Lage sehr ernst war und gab sich deshalb beleidigt.

- Ich hatte es eh nicht gebraucht. Es sollte ein Scherz sein.

- Das gleicht aber eher einem Diebstahl, - zischte Stefano, wie eine Schlange.

- Mit deinem Kollier ist nichts Schlimmes passiert! – Patricia übergab ihm den Schmuck. In ihrem Kopf klopfte es: er soll bloß nicht sehen, dass das Papierblatt verschwunden ist. Die Kurtisane konnte es sich nicht vorstellen, dass Stefano nichts über die Existenz von unbekannten Schnörkeln und der aufgemalten weiblichen Figur wusste.

Patricia wollte sich nicht von der Schlange trennen, deshalb versuchte sie Stefano davon zu überzeugen, dass sie die einzige Frau ist, welche dieses Kollier besitzen und tragen sollte. Aber damit hatte sie kein Erfolg. Ihre „Zauberbanne" hatten auf Stefano keine Wirkung mehr.

Kapitel 3

„Selber schuld, - schimpfte Patricia. – Du hast meine Schlange weggenommen, also bist du selber schuld an deinem Unglück!" – die Kurtisane sagte es einfach nur so, ohne dabei die Bedeutung der von ihr ausgesprochenen Worte zu begreifen. Diese Worte sollten später für ihren Liebhaber zum Verhängnis werden. Patricia schüttelte sich noch eine ganze Stunde lang voller Zorn. Danach wollte sie sich vergnügen und das alles vergessen. Sie ging in das Fondaco Viertel, wo sie alle vorfand, außer Stefano, der sie vorher beleidigt hatte.
- Stefano ist ganz rasend geworden. Er hat mir gerade plötzlich ein Kollier weggenommen, welches er vorher selber mir geschenkt hatte, - beklagte sich Patricia bei Andre und Franco.
- In letzter Zeit gibt mir sein Verhalten ebenfalls Grund zur Sorge. Anscheinend hat er sich dazu entschlossen, auf diese Art mit uns zu spielen, aber ich vergebe so etwas nicht.
- Was willst du denn damit sagen?
- Kannst du dich an die Geschichte erinnern? Als wir Franco vom Liebeskummer retteten?
- Ja und...
- Er ist seit dem nicht mehr allein.
- Wer?
- Stefano.
- Ich verstehe es nicht...

- Er hat sich selber verliebt und uns dabei zum Narren gehalten. Aber in wen?

- In wen er sich verliebt hat?

- In die Tochter des Arztes.

- Du lügst? – Patricia begann wieder vor Zorn zu beben.

- Nein, Franco und ich haben die beiden gestern gesehen.

Nun lechzte Patricia auch noch nach Blut. Die positiven Gefühle hatten sie nur oberflächlich berührt und dabei nur einen sehr kleinen Teil ihres Wesens verändert. Wir können nicht so schnell, wie wir es manchmal erwarten und wünschen, die negativen Eigenschaften unseres Charakters verändern. Das Licht wird eine lange Zeit dazu brauchen, um seinen Weg durch das dunkle und schreckliche Königreich zu finden, welches man den Menschen nennt.

Kehren wir nun zu Stefano zurück. Er ließ seine Hand ständig in seine Tasche gleiten, um sicher zu gehen, dass das Schmuckstück nach wie vor bei ihm ist. Nachdem er nach Hause zurückgekehrt war, hatte er zuerst Michey das verschollene Schmuckstück gezeigt, wegen dem so ein Aufruhr veranstaltet wurde. Sein Diener bestaunte lange das Kollier und fand, dass es wunderschön ist. Michey könnte sich vorher nicht vorstellen, dass überhaupt in der Welt so schöne Sachen existieren können. „So siehst du also aus – Schlange?" – sprach er aus, nachdem er die Edelsteine ertastet hat. – Mit solchen Schlangen habe sogar ich nichts dagegen unter einem Dach leben zu müssen". Nachdem sie mittlerweile zusammen ein passendes Versteck für das Kollier gefunden hatten, haben Stefano und Michey miteinander vereinbart, täglich zu überprüfen, ob sich das Schmuckstück noch in ihrem Haus befindet.

PATRICIA

Ihr neuer „Mieter" huschte ständig zwischen ihren Beinen und war ebenfalls begeistert. Warum? Da es allen gut ging, ging es auch ihm gut. Der Hund stupste mit seiner Nase die Knie der Menschen an. Ab und zu versuchte er auch das Gesicht zu erreichen, um es abzulecken. Er wollte dadurch seine hündischen Gefühle ausdrücken, die so stark waren, dass sie anscheinend in dem schmächtigen Körper kaum Platz hatten. Der Hund triumphierte, als er es schaffte mit seiner Zunge das menschliche Gesicht zu berühren. Danach leckte er es so sorgfältig ab, dass es darauf keinen freien Fleck gab, der von den hündischen Küssen nicht bedeckt würde.

Kapitel 4

Hier ist ein Blick aus der Ferne gefallen,

Wie sanft und tief er doch ist,

Genauso verzärtelt und lang wie ein Atemzug,

Vor lauter Wonne hast du Glück zu uns gebracht.

Und nun, nachdem wir die Grenze überschritten haben,

Welche wir ohne jede Mühe übertreten könnten,

Haben wir begriffen, dass das Unmögliche manchmal dennoch

möglich ist.

Das Sonnenlicht bannte sich seinen Weg durch einen engen Spalt zwischen den dichten Gardinen, obwohl man von außen den Eindruck hatte, dass niemand es schaffen würde, einen Blick darauf zu erhaschen, was im Inneren des Zimmers geschieht. Stefano könnte einfach nicht genug vom Bewundern des weiblichen Körpers haben, welcher so aussah, als ob er durch die sinnlichen Hände des Schöpfers erschaffen wurde.

So etwas hatte er noch nie vorher gefühlt. Er bemächtigte sich vielmals der weiblichen Körper, aber diesmal war alles anders. Etwas hinderte ihn daran, den völlig gewöhnlichen männlichen Geschlechtsakt auszuführen. Während er seine Schüchternheit verbarg, die eigentlich ganz unüblich für ihn war, dachte er: „Warum bin ich so machtlos? Habe ich mich etwa wirklich verliebt..."

„Setzen sie mich nicht weit von diesem Haus ab", - Patricia zeigte auf das nächste Haus. Nachdem sie den Gondelführer bezahlt hatte, betrat sie mit festem Schritt das Ufer. Es musste irgendwo hier sein! Alles passte auf die Beschreibungen von Andre und Franco. Bei ihrem Vorhaben sollte die Tatsache nützlich sein, dass es niemandem seltsam vorkommen wird, dass eine unbekannte Frau einen Arzt aufsucht.

Die Dämmerung war bereits auf dem Vormarsch, die Sonne machte sich zum Schlafengehen bereit und färbte dabei die Häuser in eine scharlachrote Farbe. Patricia sah ein Schild mit den entsprechenden Initialen: „Also habe ich dich gefunden!"

Als die nichtsahnende Elia aus dem Haus auf die Straße ging, wandte sich die Kurtisane mit folgenden Worten an sie: „Guten Abend! Kann ich mit dem Doktor reden?"

Die Eltern waren nicht zu Hause und Elia erklärte ihr höfflich, dass der Arzt gerade leider nicht da ist. Aber wenn es notwendig ist, dann kann die gnädige Dame ihre Adresse hier lassen, mit deren Hilfe der Arzt sie ganz sicher finden wird. Elia hatte in der schönen Frau nicht diejenige erkannt, welche Stefano küsste. Denn sie hatte Patricia damals nur aus der Ferne gesehen, deshalb konnte sie die Gesichter nicht genau erkennen.

Patricia war rasend. Als eine Frau, schätzte sie die Schönheit ihrer Rivalin sehr gut ein, denn diese war wirklich sehr hübsch. Ihre Grazie machte sie beim Gehen noch hübscher; ihre gesamte Erscheinung – Augen, Lippen, waren sehr sinnlich. Und das war noch nicht alles. Was war denn noch an ihr so besonders?

Patricia hatte gleich ihre Niederlage eingesehen. Diese Rivalin wird sie nie besiegen können. Dieses „noch etwas" wird Stefano an sie ewig binden. Patricia war verrucht, vielen Männern gefällt diese Eigenschaft. Denn diese Art von Männern ziehen solche verdorbene und freche Schönheiten an. Aber bei Elia war eine Reinheit und Unbefleckheit zu spüren.

Patricia hasste alle und alles. Sie hasste dieses Mädchen, das einem Engel ähnelte. Sie hasste Stefano, der ihre Hoffnungen enttäuscht hat. Zum ersten Mal in ihrem Leben hatte sie verloren. Dabei hatte sie nicht das verloren, was sie am stärksten in ihrem Leben liebte, sondern das, was ihrer Ansicht nach, ihr und nur ihr allein gehören sollte.

Kapitel 5

Die Treppe war steil, außerdem konnte man nichts sehen. Plötzlich hatte Stefano den Eindruck, dass er nicht mehr alleine war.

„Ja, so ist es auch!" – überzeugte er sich davon, nachdem er mit der Kerze eine Ecke beleuchtet hatte in der sich ein Mann und eine Frau miteinander vergnügten. Das ganze sah so schön aus, dass Stefano für einige Zeit wie gebannt innehalten musste. Die Schatten der Liebenden hatten ein weiteres Paar gebildet, wiederholten jede Bewegung und waren eine Art Fortsetzung. Nachdem Stefano gestolpert war, entschloss er sich weiter zu gehen. Durch seine Bewegung setzte er der Existenz der Schatten der Liebenden ein Ende. Endlich endete die Treppe und Stefano fand sich vor einer Tür wieder.

„Irgendwo müsste doch ein Namensschild sein. Ah, da ist es ja, ich habe es gefunden!" Stefano klopfte an der Tür. Es folgte keine Antwort darauf. Daraufhin gab er der Tür einen Schubs und sie öffnete sich von selber. Hier war es etwas heller, als auf der Treppe.

Der junge Mann versuchte etwas im Raum zu erkennen. Plötzlich tauchte eine menschliche Figur vor ihm auf.

- Wozu bist du hier her gekommen? – fragte sie.

Vor lauter Angst hatte er alles vergessen, was er sagen wollte. Die Figur schwieg für eine Weile und danach sprach sie:

- Dann werde ich es dir sagen... Keine Frau auf der ganzen Welt, außer einer einzigen wird dein Lustdurst befriedigen können. Keine von ihnen wird dich so befriedigen können, wie es diese einzige machen wird. Du wirst dich nur an ihre Liebkosungen dein unendliches Leben erinnern können und sie wird dir wie eine Qual vorkommen! Du wirst nach ihr ewig suchen, wie sie vorher nach dir gesucht hat. Das Warten wird quellend für dich sein und deine Liebe wird sich als Leid entpuppen. Du wirst sie so stark lieben, so vehement wollen, dass nichts mehr dein Verlangen nach ihr ersetzen können wird. Bis zur Asche verbrannt im Gefäß deiner Liebe werden die Herzen mit ihrer ewigen Liebe anzünden, mit der du auch in Berührung kommen wirst. Und du wirst von nun an, nie die alles verbrennende Flamme, Namens Liebe, vergessen können! So sei es!

Der bis zum Tode erschrockene Stefano rannte den Treppen herunter ohne sich dabei die Mühe zu machen, eine Kerze anzuzünden. Er hatte einfach keine Zeit dazu. Solche Angst, wie in diesen Minuten hatte er vorher noch nie erlebt.

„Warum bin ich hierhergekommen?“ – fragte er sich selber. – Ich bin selber schuld. Ich wollte zu einer Wahrsagerin, das hört sich doch schwachsinnig an, nicht wahr?“ Er hatte aber keine Zeit dazu, zu überlegen, ob es Schwachsinn war, oder nicht. Es war sehr gruselig.

„Ich werde niemandem erzählen, was hier passiert ist. Niemandem! Und ich werde selber versuchen, das alles so schnell wie möglich zu vergessen“.

Aber es war gar nicht mal so leicht sein Vorhaben in die Tat umzusetzen. Er könnte Wort für Wort, alles genau wiedergeben, was ihm die Wahrsagerin prophezeit hatte. Nachdem er zu Hause angekommen war, schenkte sich Stefano gleich Wein ein. Die Angst wich allmählich mit jedem Schluck. Ohne darauf zu warten, das Michey ihn auszieht, fiel Stefano in einen tiefen Schlaf.

Kapitel 6

- Michey! Hey Michey, steh auf! – Stefano versuchte seinen Diener aufzuwecken, indem er ihn an der Schulter rüttelte. So etwas war vorher auch noch nie passiert. – Stehe endlich auf!

- Was ist passiert, mein Herr? – Michey versuchte zu begreifen, was das alles zu bedeuten hatte. – Seit Ihr noch nicht zurückgekehrt, oder seit Ihr bereits gekommen? – Michey war gerade erst aufgewacht, versuchte nachzudenken und warf dabei einen Blick auf Stefanos Kleidung. Er konnte immer noch nicht genau begreifen, ob er seinen Herren jetzt anziehen, oder ausziehen soll.

- Mache deine Augen auf!

- Sie sollten es gleich sagen! – murmelte Michey. – Warum geben sie mir am frühen Morgen Rätseln auf? Konnten Sie es etwa nicht gleich sagen? Ziehe mich aus! Heben Sie ihre Arme hoch, - sagte er und zog mit geübten Handgriffen von Stefano die gestrige Kleidung herunter.

- Hier, mein Herr!

- Was ist das? Ist der Brief etwa von meiner Mutter?

- Man hat ihn gestern Abend gebracht. Gleich nachdem Sie weg gegangen sind.

- Die Mutter schreibt, dass mein Vater erkrankt ist.

- Was für ein Unglück!

- Sie schreibt, dass er nicht mehr vom Bett aufstehen will. Stefano wollte nach einer langen Trennung seine Verwandten wiedersehen. Während den langen Jahren seiner Abwesenheit, hatte er, um ganz ehrlich zu sein, gar nicht an sie gedacht.

- Und wenn ich der Mutter einen Brief schreibe, mit der Bitte um einen Segen für die Ehe? -

Stefano rannte, um eine Schreibfeder zu holen. – Eine ausgezeichnete Idee!

Der Diener war mit den üblichen morgendlichen Pflichten beschäftigt. Sein Kopf war voll mit folgenden Gedanken: was er vorbereiten sollte und wo er für dieses Ziel Lebensmittel besorgen könnte.

- Hör mal, Michey, was würdest du darauf sagen, wenn ich heiraten würde?

- Gott sei Dank!

- So ist es immer mit dir, da will man sich mit einem Menschen normal unterhalten, aber man wartet vergeblich auf eine vernünftige Antwort.

- Aber, mein Herr, wenn Sie diese Frau heiraten sollten... Vergebe mir, Herrgott, dann weiß ich ehrlich gesagt nicht, wie darauf Ihre edlen Eltern reagieren werden. In Ihrem Geschlecht gab es solche wie sie... oh, der Herrgott möge mir nochmals vergeben, bislang noch nicht.

- Du bist irgendwie heute viel zu geschwätzig, pass bloß auf!

- Dann fragen Sie mich doch bitte nichts mehr, - gab sich der Diener beleidigt.

- Ich schweige! Ich will mich waschen, bevor das Wasser kalt wird.

- Ich bringe es schon!

- Und wage es bloß noch einmal mir so einen widerlichen Kaffee zu machen, welchen du mir vorigen Donnerstag serviert hast. Dann werde ich ihn direkt auf dich ausgießen.

Michey hörte zu und lächelte. Er hatte sich an solche Reden bereits gewöhnt. Der Diener wusste, dass sein Herr ohne ihn zu Grunde gehen würde. Man hatte den Eindruck, dass das Glück diesmal auch auf seiner Seite war. Der Kaffee war heute ausgezeichnet gelungen.

98

Kapitel 7

- Es ist kalt!
- Es ist doch Winter, besonders in unseren Breitengraden...
- Schau! Liegt hier etwa Schnee?
Es bot sich ein unbeschreiblich schönes Bild. Elia steckte ihren Kopf aus dem Fenster und versuchte mit ihrem Blick das bizarre Wunder zu umfassen. Eine Schneedecke hat die ganze Stadt umhüllt. Die Vögel sind irgendwo hin verschwunden, es herrschte eine für diese Zeit ungewöhnliche Stille. Der Schnee reichte bis zum Wasserpegel und verschwand in den dunkelblauen Wassern des Meeres. Die Morgenstille wurde nur durch die verwunderten Stimmen der aufgewachten Bewohner gestört. Ein Fenster wurde nach dem anderen geöffnet und daraus erklangen Ausrufe: „Oh, wie schön das alles doch ist!"
Matteo war durch den Kältezeitanbruch völlig überrascht. Er stand neben der geöffneten Tür und rief zu Bianca:
- Wie werde ich jetzt auf die Straße gehen können, ich werde dort erfrieren!
- Schreie nicht so rum. Schau, schon zeigt sich die Sonne auch wieder.
Nachdem er endlich sich in einen Wintermantel und Hut gekleidet hat, stieg Matteo vorsichtig die Stufen herunter. Vor ihm bewegte sich die Figur eines Fußgängers, der genauso warm, wie Matteo eingehüllt war.
- Oh, ich hatte nicht erwartet, Sie so schnell wiederzusehen!
- Ich würde gerne mit Ihnen sprechen, - sagte Stefano und wurde dabei rot. – Herr Doktor, mein Vater ist krank.

- Erzählen Sie mir mehr darüber, - Matteo wurde sofort ganz munter und spitzte die Ohren.

- Um ehrlich zu sein, weiß ich nichts Genaueres. Meine Mutter schreibt, dass er sich weigert, vom Bett aufzustehen. Und, dass er das Interesse am Leben verloren hat.

- Dann fahren Sie doch zu ihm. Ich werde Ihnen eine gute Medizin mitgeben, - Matteo holte aus seinem Arztkoffer, der mit Fläschchen und medizinischen Werkzeugen gefüllt war, ein Fläschchen heraus. – Wenn er diese Medizin nimmt, dann wird er in zwei Wochen wieder auf den Beinen sein, ich verspreche es.

- Aber das ist noch nicht alles, - seufzte Stefano.

- Ist noch jemand krank geworden? Doch nicht etwa Sie selber? – fragte Matteo vorsichtig. – Quellen Sie mich nicht länger mit Ihrem Schweigen, junger Mann. Ich weiß gar nicht, was ich darüber denken soll.

- Ich liebe Elia! – Stefano wagte es kaum auszusprechen und wurde dabei ganz purpurrot.

- Aber du kannst sie nicht mitnehmen, solange sie nicht deine Frau ist, - Matteo begann unbewusst Stefano zu duzen, ohne es jedoch selber zu bemerken.

Stefano bereute es bereits, dass er dieses Gespräch angefangen hatte:

- Ich habe schon alles arrangiert. Mit den Dokumenten wird es keine Probleme geben. Man hat mir versprochen, dass alles schriftkundig geregelt sein wird und dass wir problemlos bereits in nächster Zeit wegfahren werden können.

Die Albatrosse haben Stefanos Aufmerksamkeit durch ihre Schreie auf sie gelenkt. Das Gespräch zwischen den zwei Männern wurde unterbrochen, weil sie gezwungen waren, ein wenig zur Seite zu gehen. Die Vögel schlugen mit ihren riesigen Flügeln und sprangen hoch, bei ihrem

Versuch den Fisch zu erreichen, welchen die Fischer auf das Ufer geworfen hatten. Die Möwen taten es ihnen gleich und mischten mit, bei dem Kampf um die Beute. Das Meer war uferlos, graugrüne Wellen schlugen gegen die Küste. Schwere Wolken hingen direkt über der Linie des Horizonts und durchbrachen sie beinahe.

Kapitel 8

Matteo konnte keine Ruhe finden. Es kam ihm so vor, als ob dieser Tag niemals enden würde. Er wollte nicht seine Tochter traumatisieren. Sie braucht keine neuen Enttäuschungen. Sollte er das alles Bianca erzählen?
Er zählte die Minuten. Man hatte den Eindruck, dass eine Stunde so lange dauern würde, wie zwei, oder drei Stunden. Matteo wand sich um die Fenster, wie eine Braut in Erwartung ihres Bräutigams. In jeden zufälligen Vorbeigehenden sah er Stefano.
Zur selben Zeit kämmte Elia ihre Haare vor dem Spiegel. Die Gestalt, die plötzlich in ihrem Zimmer aufgetaucht war, hatte sie erschrocken. Es war entweder eine Vision, oder es war leibhaftig ihr Geliebter. Aber was macht Stefano hier? Die Vision verschwand nicht, sondern kam immer näher zu ihr. Elia drehte sich um und fragte erschrocken:
- Wie bist du hierher gelangt?
- Dein Vater hat es mir erlaubt.
- Mein Vater hat es dir erlaubt, zu mir nach oben zu gehen, aber warum?

- Weil du und ich zusammen zu meinen Eltern fahren werden und weil wir heiraten werden, - sprach der glückliche Stefano endlich aus.

Elia war wegen des plötzlichen Glückes, welches sie heimsuchte so erschrocken, dass sie nicht wusste, ob sie lachen, oder weinen sollte. Ihre Träume begannen war zu werden.

Die jungen Leute stiegen herunter und wollten gerade Matteo und Bianca die frohe Botschaft verkünden, als es an der Tür klopfte.

„Selbst in solchen Augenblicken ist es mir nicht möglich, ungestört Zeit mit meiner Familie zu verbringen". Matteo ging und machte nur widerwillig die Tür auf.

Bei Stefano wären beinahe seine Gesichtszüge entgleist. Er hatte nämlich sofort erkannt, dass es sich bei der Frau, die ihr Gesicht hinter einer Samtmaske zu verbergen versuchte, um Patricia handelt.

„Erlauben Sie mir bitte, Ihren Gast zu entführen. Natürlich, nur wenn Sie es mir gestatten", - sagte sie und führte Stefano fort, ohne dabei etwas zu erklären.

Stefano wollte nicht im fremden Haus sein Verhältnis zu seiner früheren Geliebten aufklären, deshalb gehorchte er ohne jeden Wiederstand und half dadurch der Kurtisane enorm. Sie hatte genau darauf gehofft und ihr dreister Plan war voll aufgegangen. Lang lebe ihre Majestät die Unverschämtheit!

Die Parfümschleife der Rivalin war sehr lang gezogen und schien schier endlos zu sein. Es war kaum auszuhalten – der Geliebte war verschwunden und zwar zusammen mit diesem fremden Parfüm. Elia erstickte im Duft der fremden Frau und hörte nicht auf rumzurätseln, wohin sie ihn wegführte und wozu sie es getan hatte?

Plötzlich kehrte die duftende Schleife zurück und wurde um Elias Hals mit einem festen Knoten der Eifersucht festgezogen. Sie hatte bereits starke Kopfschmerzen, ihr kamen die Tränen und ihr größter Wunsch war, jetzt in seiner Nähe zu sein und zwar egal in welcher Form, sei es in Gestalt seiner Goldbrosche, die an seinen Anzug geheftet war und das Glück hatte, immer bei ihm sein zu können. Elia öffnete das Fenster. Die Luftzüge erfrischten ihre Gedanken, aber dabei fühlte sie sich noch mehr einsam und verlassen. Sie war hier alleine und er dort, und zwar in Gesellschaft einer Frau.

„Nein, egal, wie weh mir das tut, aber ich werde dennoch bei ihm bleiben!" Danach schloss Elia das Fenster und ließ es zu, dass der Duft sie wieder versklavt...

Kapitel 9

Das war es schon. Stefano drehte sich auf die andere Seite und wischte sich seine Lippen ab. Patricia schaute mit Wollust auf ihn, sie wollte es wieder mit ihm treiben. Währenddessen dachte Stefano an Elia:

„Was sie wohl jetzt macht?" Er fühlte sofort eine so starke Sehnsucht nach ihr, dass er im selben Augenblick in ihrer Nähe sein wollte.

- Endlich bist du wieder bei mir! – flüsterte Patricia ihrem Geliebten ins Ohr. – Ich werde dich niemandem hergeben, du wirst für immer bei mir bleiben.

Was Stefano angeht, so verursachte allein ihr Duft bei ihm einen starken Brechreiz. „Sie hat mich ganz einfach um ihren Finger gewickelt, – dachte er. Sie sagte zu mir, dass Franco alles verspielt hätte und an einem bestimm-

ten Ort auf mich wartet. Währenddessen hatte sie selber alles genau berechnet und mich in eine Falle gelockt, in die ich auch freiwillig geraten bin. Ich sollte gleich weggehen, nachdem ich festgestellt hatte, dass sie mich betrogen hat, aber stattdessen wollte ich die Gelegenheit nutzen, um mich mit ihr ein letztes Mal zu vergnügen".
Patricia sah auf ihrer Schulter eine Spur von einem Kuss, der von Stefano gelassen wurde, danach streckte sie ihre Lippen aus und küsste diese Kussspur. Währenddessen stellte sich Stefano Elia in fremden Umarmungen vor – es war unerträglich. Nein, er wird niemals zu lassen, dass es dazu kommt.
- Weißt du Patricia, - sagte er. – Es ist an der Zeit die Sache zu beenden.
Nachdem er die weiblichen Hände von sich abwies, versuchte er vom Bett aufzustehen. Sie hatte aus ihren Fingern ein Schloss geformt und hielt ihm ihre Lippen zum einen Kuss hin.
„Na gut. Ich werde alles tun, nur um so schnell wie möglich von hier weggehen zu können" – nachdem er sie auf den Mund geküsst hatte und sich aus ihrer Umarmung gelöst hatte, stand Stefano auf.
- Nimmst du mich mit?
- Ich habe heute noch ein geschäftliches Treffen und außerdem werde ich in nächster Zeit sehr beschäftigt sein. Vielleicht werde ich sogar für einige Zeit wegfahren müssen. Lebe wohl! – sagte er und schloss hinter sich fest die Tür zu.
Zu Hause angekommen, stellte er seine einzelnen Körperteile unter die warmen Wasserstrahlen, mit welchen Michey ihn aus einem großen Krug begoss. Stefano hatte dabei nur einen großen Traum, dass nämlich Elia, von dem was geschehen war, nichts erfährt.

104

Nun schauen wir nach, was Patricia in dieser Zeit treibt. Die Hoffnung lebte in ihr wieder auf: er ist wieder mit ihr zusammen und sie werden sich niemals trennen. Sie dachte immer wieder an seine Umarmungen und Küsse zurück. So sieht also das Glück aus! Es ist interessant, wohin Stefano wohl wegfährt? Sie muss unbedingt Franco darüber ausfragen, er weiß über Stefano alles.

Nachdem sie auf den Balkon rausgegangen war um ihr Gesicht etwas zu durchlüften, es war nämlich stark erhitzt, setzte Patricia gedanklich fort, Stefanos Liebkosungen mit den Streicheleinheiten anderer Liebhaber zu vergleichen.

Die am Balkon vorbeigehenden Männer schauten auf die Kurtisane, die vor Glück förmlich aufgeblüht war und jeder von ihnen träumte dabei davon, wenigstens eine Nacht zusammen mit ihr zu verbringen. Plötzlich sah Patricia einen hübschen jungen Mann, der zusammen mit seinen Kumpels unter ihren Fenstern stehen geblieben war.

- Was für ein Profil! Komm mal her zu mir, - winkte Patricia mit der Hand.

Unter dem massiven Gelächter seiner Kumpels verschwand der errötete Jüngling hinter der Eingangstür. Er war noch ganz jung und hatte überhaupt keine sexuelle Erfahrung. Der junge Mann unterwarf sich der verführerischen Kurtisane und nahm ihre Belehrungen wie im Flug auf. Irgendwann später, werden sie ihm von Nutzen sein.

- Willst du dich wieder mit mir treffen? – fragte Patricia den eingeschüchterten Liebhaber.

Natürlich wollte er noch mehr. Er wusste, dass diese Frau teuer war und dass er heute einfach Glück hatte. Er hatte Glück, dass er ihr gefallen hatte. Von so einer prächtigen

Frau hätte er früher nicht einmal zu träumen gewagt. Seine Kumpels werden nun ganz stark neidisch auf ihn sein. Wie könnte es auch anders sein, denn sie hatte ja ausgerechnet ihn ausgewählt und sie waren ohne „einen süßen Nachtisch" geblieben, welchen für jeden von ihnen eine teure Kurtisane darstellte.

- Und wann kann ich wieder zu Ihnen kommen? Morgen?
- Ich heiße Patricia.
- Patricia, darf mir Sie morgen besuchen?
- Gefalle ich dir?
- Du bist sehr schön!
- Gefällt dir mein Körper? – fragte die Kurtisane und hielt dabei ihre Brust für einen Kuss hin. Der junge Mann wusste noch nicht so recht, was er mit so einem Reichtum anfangen sollte und berührte die Brust einfach mit seiner Hand. Alles was heute mit ihm geschah, erinnerte ihn an seine regulären, nächtlichen, erotischen Träume. Patricia gefiel, wie sehr er von ihr begeistert war, denn ausgerechnet das fehlte ihr zuletzt während den Gesprächen mit Stefano.

Der junge Mann ging auf die Straße mit einem hoch gehobenen Kopf. Wie könnte es auch anders sein, denn er fühlte sich, wie ein Auserwählter. Seine Kumpels warteten voller Ungeduld auf seine Rückkehr.

- Ist sie schön? – einer von ihnen zupfte an seinem Ärmel.

Nachdem Weggang ihres jungen Liebhabers betrachtete Patricia ihren Körper. Seine Bewunderung schmeichelte ihr. Nachdem sie sich vom Schweiß und fremdem Geruch abgewaschen hatte, legte sich Patricia wieder ins Bett. Die Kurtisane streichelte ihre Brust und träumte nun von einem Mann, der mehr Erfahrung hat.

106

Kapitel 10

Ein ziemlich glaubwürdig klingelnder Bericht, wie Franco alles verspielt hatte, ließ das Herz aus Mitleid zerreißen, vor allem durch die Einzelheiten. Nun war das nächste Ereignis an der Reihe, welches genau heute geschehen sollte. Die Schlange muss am selben Tag geschenkt werden, man musste doch irgendwie seine Schuld wegen des heute stattgefundenen „Ehebruchs" begleichen.

- Mit meinem Freund war ein Unglück passiert, ich musste ihn retten. Er hat alles verspielt. Er war vollkommen Pleite, deswegen schickte er Patricia nach mir. Ich sollte ihn freikaufen. Um es kurz zu machen, dauerte es eine ganze Weile, bis die ganze Sache geregelt werden konnte.

- Aber jetzt ist mit deinem Freund doch alles wieder in Ordnung?

- Ja und ich hoffe, dass das, was geschehen ist, für Franco eine gute Lehre sein wird! – Stefano kramte in seiner Hosentasche und holte etwas daraus. – Das ist das Mindeste, mit was ich dir eine Freude machen kann, - sagte Stefano und reichte Elia die Schlange rüber.

Er hatte einen Gefühlsausbruch und Worte der Bewunderung erwartet, und deshalb war seine Verwunderung enorm groß, als Elia für eine Minute das Zimmer verlassen hatte und danach mit einer genauen Kopie desselben Kolliers um ihren Hals zurückgekehrt war. Die Verwunderung des Bräutigams hatte keine Grenzen. Zur selben Zeit war Matteo nach Hause gekommen und sobald er sah, was vor sich geht, freute er sich enorm darüber. Er erinnerte sich an die Bedingung, die der Juwelier ihm erzählt hatte. Diese schöne Legende begleitete die beiden Schmuckstücke.

- Nun werdet ihr sehr glücklich miteinander sein! –
Matteo nahm die Hände der jungen Leute.

Stefano war niedergeschlagen, die Überraschung war misslungen. Er hatte ein schlechtes Gefühl und drehte in seinen Händen eine der Schlangen. Es konnte bereits niemand feststellen, welches Schmuckstück vom Vater und welches vom Bräutigam geschenkt wurden. Seine Hände fuhren nervös über die Edelsteine. Plötzlich haben seine Finger etwas ertastet...

- Was ist das?
Auf einem Papierblättchen war eine Männerfigur gemalt. Den Kopf dieser Figur schmückte eine mächtige Sonne. Unten waren irgendwelche unverständlichen Wörter geschrieben, anscheinend auf Arabisch.

„Wenn im Inneren eines Kolliers eine männliche Figur liegt, dann muss sich wahrscheinlich im zweiten auch etwas befinden..." Nachdem er das zweite Kollier aufgemacht hatte und dort nichts gefunden hatte, wurde Matteo ganz stutzig. Aber das alles spielte keine große Rolle, er freute sich über die Liebe der jungen Menschen. Was man über Bianca nicht sagen könnte. Sie war ganz und gar nicht von der Idee des Bräutigams begeistert, zusammen mit ihrer Tochter nach Warschau zu fahren. Warum? Sie konnte es nicht erklären.

Stefano bereitete sich auf die Abreise vor.

- Michey, bis Freitag muss alles fertig sein. Wir fahren weg.

- Aber heute ist doch schon Montag, - Michey wusste nicht, was er darüber denken sollte. – Würden Sie mir die Frage gestatten, wohin wir denn fahren werden?

- Nach Hause!

108

- Träume ich jetzt nicht? – Michey war ganz begeistert. –
Wo sind unsere Pelzmäntel?
All die ganzen Jahre kümmerte er sich sorgfältig um sie,
lüftete sie ständig und trocknete sie an sonnigen Tagen.
Während sich Michey um den Haushalt kümmerte, ver-
kündete sein Herr seinen Freunden, dass er abreisen wird.
- Und warum ausgerechnet jetzt? Warum willst du nicht
bis zum Frühling warten? – Franco hatte rasch begriffen,
dass er kein Geld mehr durch den Kauf und Verkauf von
Schmuckstücken, machen können wird.
- Ich muss mich beeilen, mein Vater ist krank, - antwortete Stefano sehr ernst.

Kapitel 11

- Hast du ganz sicher nichts vergessen? – fragte Stefano,
wobei er das Gepäck betrachtete, welches bereits unten
stand.
- Wir können loslegen! – die Gondel kippte auf eine Seite, wegen der Schwere der Gepäckstücke. Stefano hielt
sich am Rand der Gondel fest. Elia drückte sich ganz
dicht an ihn, ihre Augen wurden wegen der vielen Tränen
ganz rot.
Die Sonnenstrahlen versuchten sich ihren Weg durch den
dichten Nebel zu bannen. Die erwachten Möwen flogen
zusammen mit ihm in dieselbe Richtung. Als es hell wurde, konnte man die junge Herrin genauer betrachten.
Stefano hatte nicht gelogen, das junge Mädchen war sofort, auf den ersten Blick, sehr sympathisch. Das Läuten
der Glocken von San Marco durchbrach den Neben-
schleier. Elia schaute zurück und versuchte dabei die

Konturen des heimischen Ufers zu erkennen. Leider, war es bereits nicht mehr möglich.

Die müden Pferde traten auf der Stelle. Die Sonne schien so grell, dass man wegen ihren Strahlen erblinden konnte. Sie berührten den Schnee und alles, was ihnen über den Weg lief wurde durch sie, bis aufs Innere, durchleuchtet. Die schneeweißen, schimmernden Bergspitzen waren unerreichbar und deswegen schienen sie noch prächtiger zu sein.

Nachdem sie auf den Bergpässen mehrmals die Pferde wechselten, die Berge überquert hatten und das Territorium des Heiligen Römischen Reiches durchfahren hatten, erreichten die Reisenden am Ende der Woche das Ziel ihrer Reise. Sie haben das polnische Territorium betreten, wo jeder Stein Stefano bekannt vorkam. Ein Gefühl der Erleichterung machte sich bei allen breit – jetzt waren sie schon fast zu Hause. Elia schaute auf den dichten Wald, der sich auf viele Kilometer lang erstreckte und ihr kam es so vor, als ob es hier außer dem Forst überhaupt nichts mehr gibt.

Am nächsten Tag hatten sie Warschau erreicht. Durch Zufall war es – wieder am Abend. Stefano wurde quasi von seiner Vergangenheit eingeholt. Genauso wie sechs Jahre davor, stand er und schaute auf die Stadt, welche in die Dunkelheit eingetaucht wurde.

Für Elia war alles neu, ungewöhnliche Häuser, aus deren Schornsteinen Rauch stieg, welcher in den fast schwarzen Himmel hochstieg, der Schnee, der überall rum lag.

Auf der Erde, auf den Hausdächern, auf den Bäumen. Irgendein Schneekönigreich! Stefano war nervös:

- Fahr schneller! – rief er dem Kutscher zu.

Nach nur noch ein paar Kilometern wird er seine Eltern wiedersehen. Für einen Moment hatte er sogar das ernste

Gespräch vergessen, welches ihm bevorstand. Er hatte nur noch einen Wunsch – er wollte nach Hause.

Elia verglich die ihr gut bekannte Gestalt Venedigs, mit der ihr völlig unverständlichen Gestalt von Warschau. Wo war die ganze Schönheit, an der sie seit ihrer Kindheit gewohnt war? Das wunderschöne Venedig mit ihren prächtigen Palästen und Kanälen, ihr geliebtes Meer, wo war das alles? Die Vergangenheit wurde zu einem Traum, in den sie so schnell wie möglich hoffte, zurückkehren zu können.

- Stehen geblieben! – hielt der Kutscher die Pferde an. – Wir sind angekommen.

Die Pferde blieben, neben einem großen Palast, wie angewurzelt stehen.

- Lass uns losrennen! – Stefano zog Elia an der Hand.

Kapitel 12

Alles ist – Gift,

Aber nein – in ihm ist Leben,

Alles ist eine Frage des Maßes.

Jeden Morgen auf den Balkon rauszugehen und dort sich zu kämen, war Patricias Lieblingsgewohnheit. Die frische Meeresluft drang in das Zimmer ein. Unter den Fenstern waren Männerstimmen zu hören. „Wer ist denn da?" – die Kurtisane steckte ihren Kopf, raus auf die Straße.

- Franco, Andre... Guten Morgen! Was macht ihr denn hier? Stefano ist nicht bei mir, ihr braucht ihn hier nicht zu suchen.

- Das wissen wir, noch besser als du. Er ist nicht einmal mehr in Venedig.
- Was heißt, er ist nicht mehr da?
Die jungen Leute wollten die Kurtisane etwas ärgern, als Rache dafür, dass sie früher Stefano ihnen bevorzugt hatte.
- Du wirst ihn nie mehr wiedersehen, - sagte Franco.
- Er ist gestern bei Tagesanbruch abgereist und er wird nicht mehr zurückkehren, - Andres Stimme zitterte spöttisch.
- Zum Teufel mit euch beiden! – ärgerte sich Patricia, aber sie wollte sehr gerne wissen, wohin er abgereist war. – Und wohin ist er gefahren?
- Es hat sie getroffen, - nachdem die jungen Männer sich gegenseitig verschwörerisch angeschaut hatten, haben sie miteinander vereinbart, ihr nicht die Wahrheit über Stefanos kranken Vater zu verraten.
- Lass uns ihr vorlügen, dass er vorhat zu heiraten. Und dass seine Eltern für ihn eine Braut gefunden hätten, - flüsterte Andre.
Franco nickte mit dem Kopf, als Zeichen, dass er mit diesem Plan einverstanden ist.
- Seine Eltern haben ihn zu sich gerufen, - rief Andre laut.
- Sie haben für ihn eine Braut gefunden. Er wird heiraten! – lachte Franco.
Dem Geräusch zu folge, mit welcher Wucht die Balkontür hinter Patricia geschlossen wurde, haben die Kumpels klar gesehen, dass sie die Kurtisane direkt ins Mark getroffen haben.
- Na, das haben wir doch toll hingekriegt! Jetzt soll sie sich lieber jemand anderen suchen.

Die jungen Leute waren hoch zufrieden, dass ihre Rache gelungen war und gingen weiter.

Nachdem sie sich etwas abgekühlt und beruhigt hatte, erinnerte sich Patricia an Stefanos „Liebe". Denn es ist ja nicht so einfach ein anständiges und bürgerliches Mädchen einfach so zu verlassen, im Vergleich zu einer einfachen Kurtisane.

Matteo machte persönlich die Tür auf. Patricia brauchte nur, sich etwas länger im Haus aufzuhalten und dadurch die Antworten auf alle Fragen, die sie interessieren, zu erfahren. Nachdem sie es sich im Besuchersessel bequem gemacht hatte, begann Patricia die Zeit in die Länge zu ziehen. Eine Dreiviertelstunde war bereits vergangen und Matteo könnte immer noch nicht so recht begreifen, was sie von ihm wollte. Nachdem er die Patientin untersucht hatte, kam er zu dem Urteil, dass sie vollkommen gesund war. Was er ihr auch sofort verkündete. Daraufhin sagte Patricia mit einem tiefen Seufzer:

- Gut, dass ich gesund bin.

Matteo erklärte sich zuerst das seltsame Benehmen der Patientin durch den launischen weiblichen Charakter. Er wollte gerade die üblichen Abschiedsworte aussprechen, aber in diesem Moment, fiel die junge Frau in Ohnmacht auf den Boden. So ein Finale hatte Matteo natürlich nicht erwartet. Er trug sie auf die Couch, welche im Wohnzimmer stand und rief zu Bianca:

- Bring schnell Wasser her!

Bianca lief mit Tränen in den Augen herbei und brachte einen Krug mit Wasser. Die Sehnsucht nach ihrer Tochter gab ihr einfach keine Ruhe. Daraufhin sprang Patricia von der Couch auf.

- Sind Sie zufällig selber nicht krank? Und wo ist Ihre bezaubernde Tochter? Sie machen sich doch große Sorgen um sie, hab ich Recht?

Durch die Art und Weise, wie der Arzt und seine Frau einander angeschaut hatten, zog die Kurtisane ihre Schlussfolgerungen daraus. Die Reaktion der Eltern trug in sich die Antwort auf die Frage, welche sie so brennend interessierte.

- Sie können sich mir ruhig anvertrauen! – sagte sie und rückte dabei näher zu Bianca. – Erzählen Sie mir alles.

Bianca stand von der Couch auf: „Matteo, führe die Kranke aus dem Haus. Ich habe den Eindruck, dass sie bereits in der Lage ist, selbstständig unser Haus zu verlassen" – nach diesen Worten verließ Bianca das Zimmer.

- Wenn Sie wirklich krank sein sollten, können Sie wiederkommen, - sagte Matteo und schloss hinter der Patientin die Tür zu.

- Sie werden sich noch an mich erinnern! – schrie Patricia unter den Fenstern des Doktors und zeigte dadurch ihr wahres Gesicht.

„Ich will niemals in meinem Leben diese Frau wiedersehen" – dachte Bianca in diesem Moment und zur gleichen Zeit.

„Habe ich etwa Unrecht?" – dachte die beleidigte Kurtisane.

Patricia konnte eine ganze Weile die Bändel auf ihrem Hut nicht lösen. Ihre Hände zitterten.

„Endlich!" – Patricia warf im Zorn den Hut weg von sich. Der Hut geriet unglücklicherweise auf einen Blumenstrauß, welcher in einer Blumenvase seit Sommer im selben Wasser stand. Sie hatte nicht gemerkt, dass die Blumen bereits verwelkt waren und sehr modrig stanken.

Das alles fiel herunter und das mittlerweile braun gewordene Wasser floss in einem Rinnsal aus der Vase auf den Teppich.

„Verdammt!" – Patricia hob die verwelkten Blumen auf. Diese Blumen hatte ihr Stefano vor langer Zeit geschenkt.

- Ich brauche nichts mehr von dir! – rief sie und warf den Strauß aus dem Fenster.

- Allerdings war es ihr anscheinend auch höchst ungeschickt gelungen. Auf der Straße war eine verärgerte männliche Stimme zu hören.

- Die Kurtisanen sind ganz unverschämt geworden. Sie schmeißen aus den Fenstern alles, was ihnen unter die Hand kommt!

Patricia hielt sich ihre Ohren mit den Händen zu, um nichts mehr zu hören. Aber die Flüche waren so laut, dass sie sogar ihre zugehaltenen Ohren durchdrangen.

„Na warte!" – nachdem sie eine kleine Apollostatue aus Gips genommen hatte, wollte sie diese Statue gerade ebenfalls auf die Straße werfen. Aber in diesem Moment, kam ihr ein Einfall in den Kopf...

Anscheinend hatte der Apollo Glück gehabt. Er kehrte auf seinen angestammten Platz zurück und Patricia begann währenddessen ihren Plan auszuarbeiten. Wenn jemand jetzt in ihr Bewusstsein hineinblicken könnte, dann wäre er über die Grausamkeit und Unmenschlichkeit dieses Vorhabens sehr entsetzt gewesen. Patricia hatte allerdings eines nicht bedacht, es ist unmöglich jemanden zum lieben zu zwingen. Es ist noch niemandem auf der ganzen Welt gelungen, durch Grausamkeit, Gegenliebe zu erzeugen.

Kapitel 13

Der hundertjährige Prozess der Vereinigung von Polen und Litauen hatte zur Folge, dass sich ein neues Imperium gebildet hatte, das mächtigste in Europa des 16. Jahrhunderts. Dieses Imperium brauchte eine neue Hauptstadt. Die Wahl fiel auf ein kleines, ziemlich unauffälliges und bis dahin nur Wenigen bekanntes Städtchen. Für Warschau brach eine neue Ära an. König Sigismund III. hatte die besten italienischen Architekten eingeladen, welche für ihn einen neuen Palast bauen sollten. Das Gebäude sollte die Macht und den Reichtum des Königsgeschlechtes wiedergeben und symbolisieren. Der königliche Hof brauchte Narren und Gefolge, was viele reiche Familien aus allen Ecken von Polen anlockte. Außerdem sind viele Adelsgeschlechter aus der früheren Hauptstadt Krakau nach Warschau umgesiedelt.

Ihnen folgten zahlreiche Mönchsorden...

Stefanos Familie hatte das Glück, dem königlichen Hof ganz nahe zu stehen. Oh, sie gaben sich so viel Mühe, um die anderen an Prunk und Pracht zu übertreffen: sie haben einen prächtigen Palast in der Umgebung von Warschau erbaut; amten die Mode des königlichen Hofes nach, denn sie hatten ja genug Geld und könnten sich alle ihre Gelüste erfüllen. Die Pest dämmte die tobenden Leidenschaften etwas ein. Denn diese schreckliche Krankheit hat die Stadt in den Jahren 1625-1626 fast geleert. Die Epidemie brach unmittelbar nach Stefanos Abreise aus. Zum Glück wurde seine Familie von der Tragödie nicht betroffen. Und nun hörte er mit Grauen die Erzählung seiner Eltern, welchen Alptraum die Krankheit mit sich gebracht hatte.

- Wir sind wie durch ein Wunder am Leben geblieben, - seine Mutter führte ein Taschentuch an ihre Augen. Immer wenn sie sich an diese schrecklichen Momente erinnerte, fing sie sofort an, zu weinen.

- Aber jetzt geht es euch hoffentlich gut?

- Ja, uns würde es gut gehen, wenn nur nicht dein Vater wäre. Er ist, warum auch immer, in letzter Zeit ständig krank und niedergeschlagen.

- Ach, wann soll es den gewesen sein? Ich bin mittlerweile wieder zu Kräften gekommen, - der munter gewordene Janusch, tänzelte neben seinem Bett. – Ich kann sogar mit der jungen Dame, die du mitgebracht hast, ein Tänzchen wagen.

Sie ist sehr nett! – murmelte Stefanos Vater vor sich hin.

- Schade, dass sie nicht unsere Sprache spricht, - Anna umarmte ihren Sohn.

- Die Zeit war nicht sinnlos vergangen, - Janusch versuchte sogar leichte Kniebeugen zu machen. – Ich werde doch deine zukünftige Frau zum Tanz auffordern können müssen.

- Für uns, Söhnchen, ist es eine große Freude dich wiederzusehen und noch dazu mit so einem netten Mädchen zusammen, - Anna wich nicht von Stefanos Seite. - Übrigens, wo ist sie jetzt?

- Du hast doch selber den Dienern befohlen, ihr Wasser zum Baden vorzubereiten und danach hat sie sich hingelegt und schläft seitdem ungefähr zwölf Stunden ununterbrochen durch.

- Die Ärmste ist sehr erschöpft. Übrigens ist es jetzt ganz schick die Bräute aus fremden Ländern herzubringen. Sind wir etwa schlechter, als der König? Habe ich Recht, Vater?

- Natürlich, sind wir nicht schlechter. Schau, worin unterscheidet sich unser Palast von dem des Königs? Er ist zwar etwas kleiner, aber mir genügt er. Manchmal muss ich in ihm, ein bis zwei Stunden nach deiner Mutter suchen.

- Dein Vater hat, wie immer, Recht, - Anna fing an zu lachen. – Einmal wurde er sehr zornig, nachdem er mich nicht gefunden hat. Er stampfte mit den Füßen und schrie, dass falls die Diener seine geliebte Frau nicht sofort finden werden, er alle diese Taugenichtse in einer kalten Abstellkammer einsperren wird und sie dort die Nacht verbringen lässt.

- Ich kann mich daran erinnern...

- Mein Söhnchen, erzähle uns über deine Braut. Wer sind ihre Eltern, von welchem Geschlecht stammt sie ab?

- Sie ist natürlich aus einem Adelsgeschlecht, - brachte sich Janusch in das Gespräch ein. – Oder habe ich etwa Unrecht?

- Heutzutage beneiden sogar die Franzosen Venedigs Pracht. Ihr solltet sehen, wie schön diese Stadt ist! Elias Familie genießt dort ein hohes Ansehen, ihr Vater ist ein – Arzt.

- Ein Arzt? – wunderten sich Janusch und Anna.

- Elias Großvater hat an der Universität von Padua unterrichtet.

- Dass sind alles, irgendwelche unverständlichen Worte.

- Wisst ihr, dort ist alles anders. Die Menschen, die einen Universitätsabschluss haben, werden dort sehr geachtet. Für die Behandlung werden sie sehr gut bezahlt.

- A-a-a, jetzt verstehe ich, warum die Boruzkis ihren Sohn dorthin zum Studieren geschickt haben. Entweder nach Italien, oder nach Frankreich?

118

- Gott sei Dank, brauchen wir nicht mehr an ihren Universitäten zu studieren.
- Elias Eltern haben ein sehr schönes Haus. Allerdings haben sie keine Diener.
- Armes Mädchen! Sie muss also alles selber machen? – Anna zog verständnislos ihre Augenbraue hoch.
- Sie leben im Stadtzentrum, bis zum Stadtmarkt ist es nur eine Viertelstunde Fußweg. Der Markt ist wahrscheinlich der Lieblingsplatz der Venezianer. Dort kann man alles kaufen und verkaufen, was das Herz begehrt.
- Eine Viertelstunde zu fahren? Dann ist es wirklich nicht weit.
- Sie gehen dorthin zu Fuß.
- Haben sie dort etwa sogar keine eigene Kutsche? - Annas Augenbraue hob sich noch höher.
- Sie brauchen dort keine, dort fährt überhaupt keiner in Kutschen.
- Was willst du damit sagen? – nun warf der Vater einen wütenden, glänzenden Blick.
- In Venedig bewegen sich die Menschen auf Kanälen mit Hilfe von großen Booten fort.
- Oh mein Gott, wie können sie nur dort so leben?
- Das ist der schönste Platz auf Erden. Elia kann stundenlang über ihre Stadt erzählen.
- Aber wir werden sie leider nicht verstehen können, - der Vater hatte sich die Füße mittlerweile genügend vertreten. Er setzte sich schwer atmend auf sein Bett.
- Hat die Arznei des Doktors gewirkt? Na siehst du, er hat es speziell für dich gemacht! – sagte Stefano mit Stolz.
In Januschs Augen war der Wunsch zu leben leicht abzulesen.

Kapitel 14

- Hab keine Angst, gib ihm den Apfel, - nach einer Sekunde war der Apfel in den riesigen Lippen des Gauls
verschwunden. – Schmeckt es? – Stefano drückte sich
fest an seinen alten Freund, der sich an seinen Herren
noch erinnern konnte. Danach sattelte er ihn, holte Elia
ab und nahm dazu noch ein paar Jagdhunde mit.
Unser alter Bekannter, der venezianische Hund kam auch
mit. Michey hatte ihn nämlich bei ihrer Abreise aus Venedig mitgenommen. Nun begleitete der Hund seinen
Herren, so oft wie möglich und natürlich nur, wenn man
es ihm gestattete. Die übrige Zeit verbrachte er zusammen mit Michey. Der alte Diener hatte scheinbar einen
Narren an diesem Hund gefressen und verwöhnte ihn
immer gerne.
„Ich werde dir unsere Gebiete zeigen", - versprach Stefano seiner Braut.
Sie waren auf einem kleinen Hügel stehen geblieben.
Von dort hatte man einen guten Ausblick auf die gesamte
nähere Umgebung. Durch das Flachland wendete sich
wie eine Schlange ein Fluss. Die Ufer waren eingefroren
und mit Schnee bedeckt. Im Fluss selber hatte die Sonne
kaum Platz.
- Wie schön!
Die Idylle wurde durch das Hundegebell gestört. Sie hatten für sich ebenfalls eine passende Beschäftigung gefunden, in dem sie einen Hasen aus seinem Bau gejagt hatten
und nun verfolgten sie ihn über das gesamte Feld. Stefano rief mit einem Pfiff seine Hunde herbei. Und der Hase
lief zur Seite und stellte sich dort auf seine Hinterbeine

auf. Als ob er dadurch feststellen wollte, dass die Feinde in einer sicheren Entfernung von ihm sind.

- Wir müssen aufbrechen! – sagte Stefano. – Wir müssen heute rechtzeitig zu Hause sein, weil für heute ein Ball geplant ist und viele Gäste eingeladen sind. Alle wollen einen Blick auf meine zukünftige Braut werfen. – Oh, wir sind anscheinend trotzdem zu spät gekommen! – rief Stefano aus, als er auf dem Hof eine stehende Kutsche sah. Er erkannte ohne jede Mühe sofort die Wappen der Boruzkis. Dieses Geschlecht galt als am nächsten zum König stehend.

- Lächele! – Stefano drückte leicht Elias Hand zusammen. – Verehrte Gäste, erlauben Sie mir bitte, Ihnen meine Braut vorstellen zu dürfen.

- Die verehrten Damen begutachteten Elias Kleid, welches Bianca in weiser Voraussicht zusammen mit anderen Kleidungsstücken gelegt hatte, als sie ihre Tochter für den Reiseweg vorbereitete. Für die anwesenden Damen war es der modische letzte Schrei. Es war offensichtlich, dass ihre Kleider mehr gekostet haben, aber aus irgendeinem unerklärlichen Grund sah die Fremde in ihrem Kleid, dennoch besser aus.

- Mama, wer ist das? Was für ein Dandy! – fragte die älteste Tochter der Boruzkis.

- Wir haben eine große Freude zu verkünden, unser Sohn ist zurückgekehrt, - man hatte den Eindruck, als ob Janusch bereits allen die frohe Kunde berichtet hätte.

- Stefano?

- Stefanos Braut kommt aus Venedig? Und in was ist sie besser, als meine Töchter? Unsere hat man solche schönen Backen, ein Augenschmaus! Schauen Sie nur, sie schenkt uns keinerlei Beachtung, - schnaubte Madam Boruzki, während sie Elia betrachtete.

- Wahrscheinlich haben Sie bereits gehört, dass heutzutage sogar die Franzosen Venedigs Pracht beneiden, - Janusch hatte es sehr eilig, mit seinen Gästen die ganze Information zu teilen, die er von Stefano erfahren hatte. Sein Sohn kannte sich ganz sicher in allen Feinheiten der europäischen Etikette hervorragend aus, welche der königliche Warschauer Hof zu übernehmen anstrebte.

- Ja, wir waren auch dort.

- Wo?

- Na, in Venedig. Die dortigen Huren haben meinen Mann angesteckt. Und zwar so stark, dass er deswegen beinahe gestorben wäre. Wir haben uns gerade noch gerettet...

Als sie sahen, mit welchen Blicken die örtlichen Aristokraten Elia begleiteten, waren Stefanos Eltern ganz stolz auf die glückliche Wahl seines Sohnes. Was für eine tolle Beraut haben sie gekriegt! Mittlerweile tratschten die Gäste darüber, dass sie nicht mehr damit gerechnet hätten, Janusch wieder gesund zu erleben.

Die ganze Stadt wusste über seine Krankheit Bescheid.

- Nun schau doch mal einer an, wie jung es sich gibt, der alte Teufel! – flüsterten die Neider.

Kapitel 15

Blau war die Lieblingsfarbe von Stefano. Seine Eltern wussten davon und deshalb war sein Zimmer in blauen Farben gehalten. Er lag im Bett und beobachtete, wie sich ein Sonnenstrahl auf der Wand bewegt. Dieser Sonnenstrahl mischte wie ein Künstler auf einer Leinwand verschiedene Farbstoffe und verwandelte sie danach in ungewöhnliche Farben. Er fügte verschiedene Lichtwellen hinzu, dadurch bildete er neue, schöne Farbschattierungen, mit denen er die Wände im Zimmer bemalte.

Michey, der plötzlich ins Zimmer eingedrungen war, störte das schöne Bild, welches vom Sonnenstrahl gemalt wurde.

- Bravo, Michey! Du kommst wie immer zur rechten Zeit.

Der Sonnenstrahl, hat eingesehen, dass es hier für seine Inspiration keinen Platz mehr gibt und verschwand daraufhin.

- Ihre Mutter hat gesagt, dass Sie herunterkommen sollen.

- So ist es immer, man hat überhaupt keine Ruhe in diesem Haus.

- Wenn meinen Sie denn damit?

- Michey, kannst du es etwa nicht selber sehen? Ein Mensch liegt hier einfach herum und stört niemanden.

- Sie will mich also sehen...

- Können Sie nicht wenigstens einmal einfach aufstehen und ohne Streitgespräche runtergehen? Übrigens frühstückt Ihre Braut bereits, im Vergleich zu manchen anderen. Die bis zum Mittagsessen schlafen...

- Elias Vater sagt, dass man seine Nerven pflegen soll und deine sind anscheinend ziemlich angespannt.

- Was ist bei mir angespannt?

- Du bist dazu auch noch taub, - lachte Stefano und schloss direkt vor Micheys Nase die Tür.

Nach einer Sekunde wurde die Tür wieder geöffnet und ein Haufen dreckiger Wäsche flog in das Schlafzimmer mit den Worten: „Saukerl!" und danach wurde die Tür wieder geschlossen. Man musste aufstehen.

Sobald Stefano das Esszimmer betreten hatte, tauchte er sofort in eine Atmosphäre des Frohsinns und Glücks.

Anna lachte, bis ihr die Tränen kamen, während sie ihrem Mann zuhörte, der seine Redegewandtheit demonstrierte, dabei hatte er aber vergessen, dass seine zukünftige Schwiegertochter ihn nicht versteht.

- Söhnchen, schließe dich uns an!

Janusch war vollkommen darüber begeistert, was gerade geschah. In ihrem riesigen Palast gab es wieder erste Anzeichen vom richtigen Leben.

- Deine Braut gefällt sowohl mir, als auch deiner Mutter.

– Wann findet die Hochzeit statt?

Stefano übersetze das ganze Gespräch für Elia. Die junge Venezianerin wurde ganz rot und die Eltern sahen dadurch, dass sie auch damit einverstanden war.

- Aber am Ende des Winters müssen wir nach Venedig zurückkehren.

Anna umarmte Elia und sagte:

- Wir werden noch heute einen Schneider für Elia bestellen, damit er ihre Masse für das Hochzeitskleid nehmen kann.

Die letzten Zweifel waren beseitigt und Anna begann die Liste der Gäste zusammenzustellen, die zu einem Ereignis eingeladen werden sollten, welches grandios zu werden versprach.

Kapitel 16

- Höher, noch höher!

Die Fischer luden riesige Korbe mit Meeresprodukten ab, welche noch heute für jemanden als Mittag -, oder Abendessen dienen sollten. Die Möwen versuchten wenigstens ein paar kleine Fische aus den Körben zu

stehlen. Sobald sie ein appetitliches Häppchen entwenden konnten, schluckten sie es sofort herunter. Die Fischer versuchten so schnell wie möglich, die leicht verderbliche Ware auf den Markt zu bringen, wo sich schon sehr bald Käufer aus der ganzen Stadt versammeln werden. Bianca wollte ebenfalls zum Markt gehen, dorthin ging sie oft und gern. Denn nirgendwo anders konnte man die aktuellsten Nachrichten oder die neuesten Gerüchte erfahren. Hier konnte man auch einen guten Ratschlag bekommen. Um es kurz zu machen, war der Markt für die Bürger etwas, was große Freude mit sich bringt. Nachdem sie alles Nötige eingekauft hatte, wurde sie auf den Lärm aufmerksam, der aus dem Juwelierladen kam, welcher ein paar Stände entfernt war. Biancas Verwunderung war sehr groß, als sie die „Scheinkranke" sah, welche man nur mit Mühe aus dem Haus führen konnte. Anscheinend war hier mit ihr schon wieder irgendein Missgeschick passiert. Das konnte man nach dem Geschrei des Juweliers beurteilen, der sie fest an der Hand hielt und so laut rief, dass man ihn über den ganzen Markt hören konnte, dass sie eine Diebin ist. Ringsherum haben sich Schaulustige versammelt, welchen der Juwelier alle Einzelheiten erzählte. Die Menschen blickten mit Hass und Verachtung auf die schöne Kurtisane, welche mit einem hochgehobenen Kopf da stand und überhaupt keine Reue wegen ihres Fehlverhaltens zeigte.
- Was hat sie denn gestohlen? – fragte Bianca neugierig.
- Ein Ring mit Diamanten. Und wissen Sie, sie hat alles im Voraus genau berechnet. Hat zuerst den Juwelier abgelenkt und als er sich auf ihre Bitte umdrehte, um für diese Anstandslose ein passendes Kollier zu finden, hat sie den Ring entwendet.

Patricia konnte sich irgendwie von den Menschen losrei-
ßen und floh vom Tatort, dabei hatte sie es sogar tatsächlich geschafft, den schönen Ring mitzunehmen. Als sie
an ihr vorbei lief, warf sie Bianca irgendeinen besonderen
Blick zu, der ein sehr unangenehmes Gefühl in Biancas
Seele verursachte. Die Menge auf dem Markt war beim
Nachdenken nicht besonders hilfreich. Alle drängelten,
beim Versuch die nötigen Warenstände zu erreichen,
dadurch hatte sich so ein Gedränge gebildet, aus dem
man am schnellsten fliehen wollte. Bianca hatte es geschafft, die lauten Warenstände hinter sich zu lassen.
Dort hatte sie auch eine bekannte Nachbarin getroffen
und ging zusammen mit ihr nach Hause.
Matteo konnte auch nichts Besonderes über die Kurtisane
erzählen die bei ihnen gewesen war, zu mindestens
nichts, was Bianca nicht schon selber gewusst hätte.
„Elia! Vielleicht ist sie mit ihr bekannt? – vermutete Bianca und antwortete sofort sich selber:
- Nein, das kann einfach nicht wahr sein".
Der Schicksaal hatte allerdings eine andere Antwort darauf.

Kapitel 17

Nachdem ich in Welten zu Besuch war, in denen der Pfad so schmal ist,

Wie ein Sonnenstrahl, der zu dir gelangen will,

Habe ich mich in Träumen vergessen, in denen,

Das Licht, welches an dich erinnert, so grell ist.

Und wenn ich auch dort für immer bleiben werde und nicht mehr zurückkomme,

Obwohl ich das Leben sowohl schätze, als auch liebe.

Will ich nicht auf dem Weg des Vergessens gehen,

Wenn ich auch im Feuer verbrenne werde, welches für alle sichtbar sein wird.

Nachdem ich in Welten war, in denen der Pfad wunderschön ist,

So wie das Licht deiner Wonne,

Habe ich mich in Träumen über das menschliche Leid verloren,

Welche warten ... auf meine Hölle.

Gott – ist Liebe. Diese einfache Tatsache können die Menschen bereits seit vielen Jahrtausenden weder begreifen, noch annehmen. Er ist in jedem Menschen und für ihn gibt es keine Auserwählten. Diese Wahrheit ist so einfach, dass viele sie sogar überhaupt nicht bemerken. Wozu auch, denn in diesem Fall würde es keine Macht über andere geben.

Die Menschen wenden verschiedene Listen ein, werden selber getäuscht und betrügen andere, nur um sich den Machthabern zu nähern. Die Religion wird zu einer schrecklichen Waffe, wenn der „Gläubige", einen anderen Menschen, ohne lang zu überlegen, einfach umbringt.

- ... Und Gott sprach: Es werden Lichter an der Feste des Himmels, die da scheiden Tag und Nacht und geben Zeichen, Zeiten, Tage und Jahre;

Und seien Lichter an der Feste des Himmels, dass sie scheinen auf Erden. Und es geschah also.

Und Gott machte zwei große Lichter: ein großes Licht, das den Tag regiere, und ein kleines Licht, das die Nacht regiere, dazu auch Sterne;

Das ist alles! In der Heiligen Schrift steht nichts mehr über dieses Thema, - Kardinal Bellarmino schlug die Bibel zu.

- Ihre Eminenz, ich würde es niemals wagen, die Heilige Schrift in Frage zu stellen, - Galileo verneigte seinen Kopf, so tief es ging, um dadurch zu demonstrieren, dass er keinen Krieg mit der Kirche anstrebt.

- Na dann ist es ja gut! Also widerrufen Sie, Ihre eigenen Ideen? Nicht wahr?

- Nein.

- In diesem Fall... warten auf Sie große Schwierigkeiten, - der Kardinal gähnte.

- Ihre Eminenz, meine Beobachtungen beweisen...

- Sie wollen also, dass ich – Kardinal zu einem Abtrünnigen werde? Wo würde ich landen, wenn ich Ihnen glauben sollte, in der Hölle? Wer ist bei uns als nächster an der Reihe? – erkundigte sich Bellarmino bei einem in der Nähe stehenden Mönch.

- Ein wahrer Christ, mit einer Denunziation...

128

Nachdem die Audienz zu Ende war, wurde klar, dass man auf ein glückliches Ende nicht zu hoffen brauchte. Alles war bereits im Voraus entschieden. Die Kirche beharrte auf ihrem Standpunkt – neue Erfindungen hatten kein Existenzrecht.

Santorio hat Galileo in einer großen Verwirrung vorgefunden. Es waren lange Stunden unzähliger Überredung nötig, denen er aber dennoch nicht nachgab.

- Es wird eh nicht gut für dich ausgehen, sie werden dich umbringen. Du kannst deine Arbeit im Stillen fortsetzen, ohne dabei aber der ganzen Welt von deinen Entdeckungen kund zu tun.

- Aber wie werden in diesem Fall die Menschen darüber erfahren?

- Es wird eine Zeit kommen, in der sich die Menschen auch für deine Ideen zu interessieren beginnen. Dann werden deine Ideen lebendig sein.

- Aber dann werde ich bereits tot sein!

- Wenn du weiter genauso stur und unnachgiebig sein wirst, dann wird man dich noch früher umbringen.

- Was habe ich denn so Schlimmes verbrochen, dass man mich dafür töten wird? Ich denke in letzter Zeit immer häufiger an Bruno zurück. Er konnte Sachen begreifen, welche es den anderen zu begreifen versagt blieb... und er... Sie haben ihn umgebracht!

„Eingefallene Wangen, ein erloschener Blick. Er wird es nicht lange aushalten können", - dachte Santorio, während er Galileo betrachtete. Zur selben Zeit kämpfte sein Freund mit einer plötzlich aufgetauchten Todesangst um sein Leben. Die alleinige Erwähnung seiner Romreisen, stürzte ihn in tiefe Depression. Er brauchte eine Regeneration, vor allem eine geistliche Erneuerung war bitter nötig. Er brauchte Erholung, um auch in seinem zukünftigen Leben einen Überlebenskampf führen zu können. Denn dieser Kampf versprach sehr grausam und blutig zu werden.

Kapitel 18

Elia hatte sich durch einen seltsamen Zufall erkältet, während sie unterwegs waren. Es hat sie flachgelegt, noch bevor sie ihr Elternhaus erreichen konnte. Stefano und Michey konnten sie noch so fleißig warm einmummen, sie zitterte trotzdem die ganze Zeit vor Kälte. Bereits auf der Türschwelle des Elternhauses verspürte Elia eine große Erleichterung, jetzt wird sie gleich endlich ihre Verwandten wiedersehen können.

Sobald Bianca ihre entkräftete Tochter gesehen hatte, brachte sie Elia sofort ins Bett und lief weg, um nach Matteo zu suchen.

- Es ist nichts Schlimmes, in ein paar Wochen wird sie vollkommen gesund sein, - sagte er, nachdem er sich zu Bianca und Stefano umgedreht hatte.

- Doktor, ich muss gehen, - verabschiedete sich Stefano. Er konnte bis jetzt immer noch nicht das passende Haus finden, in dem er zusammen mit Elia leben wollte.

- Aber wie...

- Jetzt bin ich beruhigt, meine Frau ist in guten Händen, - rief Stefano bereits auf der Straße stehend.

Die Dämmerung brach an. Normalerweise verbrachte er diese Zeit zusammen mit seinen Kumpels.

„Na sie werden wahrscheinlich große Augen machen, wenn sie mich hier wiedersehen". Der spontane Wunsch sie wiederzusehen, hatte über den kühnen Verstand gesiegt: „Ich werde ihnen über meine Hochzeit mit Elia erzählen".

Stefano wusste nur allzu gut, wo sie sich zu diesem Zeitpunkt aufhalten könnten. Er hatte sie auch tatsächlich dort gefunden, wo er vermutet hatte und fand sich schon sehr bald in ihrer Gesellschaft wieder.

- Nein, stell sich das nur einer mal vor. Unser Scherz war also prophetisch! – Franco konnte sich immer noch nicht beruhigen.

- Du hättest Patricias Gesicht sehen sollen, - lachte Andre. – Wenn sie könnte, dann würde sie uns die Augen auskratzen. Da, kommt sie ja schon selber, wenn man vom Teufel spricht!

- Ihr könnt machen, was ihr wollt, aber ich gehe lieber. Ich habe überhaupt keine Lust dazu, sie wiederzutreffen, - sagte Stefano.

- Freund, es ist zu spät! Sie hat uns bereits bemerkt und nun hat sie es sehr eilig, dich in ihren Umarmungen zu ersticken.

- Sie kommt tatsächlich hierher, - Stefano versuchte sich hinter den Rücken seiner Kameraden zu verstecken.

- Endlich haben wir uns wiedergesehen, ich hatte die Hoffnung darauf schon längst aufgegeben. Man sagt, dass du geheiratet hast? – Patricia versuchte sich so ruhig, wie möglich zu verhalten, ohne dabei ihre wahren Gefühle zu zeigen. – Und wer ist deine Auserwählte, die Tochter des Doktors?

- Du hast es erraten, sie ist es! – verkündeten Franco und Andre, weil sie ein aufkommendes Gewitter fühlten, welches in den nächsten Minuten ausbrechen sollte.

- Lassen wir sie alleine, - flüsterte Andre seinem Freund ins Ohr.

Franco wollte nur allzu gerne sehen, wie diese Geschichte ausgeht, aber er gehorchte dennoch Andre. Nachdem sie sagten, dass sie noch etwas zu erledigen hätten, waren die beiden verschwunden. Sie taten Patricia damit einen großen Gefallen, indem sie Stefano alleine zurückließen. Deshalb hatte sie beschlossen, diese Chance nicht ungenutzt zu lassen.

- Ich bin froh, dass du geheiratet hast, - sagte sie gekünstelt. Ihre Worte haben Stefano sehr überrascht und verwirrt. – Deine Frau ist die personalisierte Vollendung. Stefano murmelte irgendwelche unverständlichen Worte als Antwort auf dieses Kompliment. Patricia hatte, um ehrlich zu sein, es nicht genau verstanden, aber es war auch nicht wichtig.

- Ich muss mich beeilen, - der frühere Liebhaber drehte sich um und wollte gehen. – Elia ist momentan ans Bett gefesselt.

- In deiner Abwesenheit habe ich ein paar Dinge gekauft. Vielleicht hilfst du mir, sie zu verkaufen? Du weißt es ja selber, ich verstehe nichts vom Schmuck. Und ich bin ganz pleite...

- in Patricias Stimme war keine Bedrohung mehr zu hören, ihre Stimme wurde weich und ganz apathisch. Stefano ließ sich von ihr überreden. Ohne ihre Freude darüber zu zeigen, öffnete die Kurtisane die Tür und ließ ihren Gast als ersten vorgehen...

132

Kapitel 19

Patricia wollte sich so rächen, dass Stefano sich an ihre Rache sein Leben lang erinnern wird. Die Kurtisane dachte, aus irgendeinem Grund, dass sie das Recht hatte, so zu handeln.

Patricias Rache war wirklich sehr anspruchsvoll. Nachdem sie Papier und Feder in ihre Hände genommen hatte, schrieb sie darauf ein paar schlampig geführte Zeilen. In wenigen Minuten war alles fertig. Nachdem sie den Brief versiegelt hatte, ohne ihn dabei natürlich zu unterschreiben, erhob sie sich. Nun musste sie die Sache nur noch zu Ende bringen, dazu ging sie aus dem Haus.

Patricia musste ihre Anzeige in das „Löwenmaul" werfen, wo alle übrigen Klagen, die von den Venezianern verfasst wurden, landeten. Jede Anfrage wurde vom „Rat der Zehn" erörtert.

Sobald Patricia den kalten Stein berührt hatte, aus welchem ein Löwe mit geöffnetem Maul gemacht war, verspürte sie eine Kälte, die von irgendwoher und aus ihrem Innern hochstieg. Das war weniger eine natürliche Kälte – vom Stein. Viel mehr ging diese Kälte aus den Herzen und Seelen derjenigen, die solche Anzeigen verfassten. Die Kälte, die aus den Tiefen der Hölle empor ging, zu der die Rachesüchtigen die Unschuldigen verurteilt hatten. Wenn auch nicht jetzt sofort, werden alle Rachesüchtigen ebenfalls in der Hölle landen.

Für einen Augenblick bekam es die Kurtisane mit der Angst zu tun, aber nachdem sie ihre ganzen seelischen Kräfte gebündelt hatte, streckte sie dennoch ihre Hand in das Maul des Löwen. Sie warf den Brief ein und zog ihre Hand schnell wieder heraus.

Patricia konnte danach lange nicht einschlafen. Sobald sie ihre Augen selbst für einen Augenblick zu machte, fühlte sie fast physisch neben sich, alle möglichen Fratzen, die so hässlich waren, dass sie länger es nicht mehr aushalten konnte, sie anschauen zu müssen. Auch wenn sie ihre Augen aufmachte, spürte sie ihre Anwesenheit mit ihrem gesamten Wesen. Sie wussten, dass die Kurtisane nun ihnen gehört und dass, sie Patricia früher, oder später ganz für sich alleine haben werden. Ihr fehlte sogar der Mut, aufzustehen und eine Kerze anzuzünden. Nachdem sie ihren ganzen Mut zusammen genommen hatte, zündete sie am Ende dennoch eine Kerze an. Für eine Minute verspürte sie eine große Erleichterung, weil die Kerze die Geister in ihrem Feuer schmelzen ließ.

Die Lust zu schlafen war sehr groß, aber die Angst die Höllenbewohner wiederzusehen, war noch stärker und überwog den Wunsch nach Schlaf.

„Es ist besser, heute überhaupt nicht zu schlafen". Ihr Gewerbe ließ es zu, denn sie war an so etwas schon gewohnt. Es gab niemanden, der sich über ihre nächtliche Aktivität wundern würde. Sie hatte aber keine Lust dazu, sich zu schminken. Nachdem sie die zerzausten Haare etwas glattgekämmt hatte, zog sie eine Maske an, hinter der sie ihr gequältes Gesicht verstecken konnte. Die nächtliche Kälte vertrieb die Reste des Schlafes, allmählich kehrte alles in seine gewohnte Ordnung zurück. Die Kurtisane hatte ihre frühere Macht wiedererlangt. Die Jagd hatte begonnen...

Ein Opfer ließ nicht lange auf sich warten und ergab sich kampflos. Nachdem sie das männliche Glied mit ihrer Hand berührt hatte, rollte sie ihre Augen nach oben. Das war das einzige, ohne das ihr Leben jeglichen Sinn verlor. Am unteren Teil des Bauchs und noch tiefer zog et-

134

was und schwellte an. Die Lust eines geilen und wilden Tiers war aufgewacht...

Die erste Berührung war so zauberhaft, dass der Kopf sich vollkommen ausgeschaltet hatte und die letzte – schmolz mit der Ekstase zusammen. Patricia kratzte und kreischte und tat dadurch der ganzen Welt über ihre Unbefriedigtheit kund. Unmittelbar darauf, versuchte sie selber das gerade gesunkene Befriedigungsorgan wiederaufzurichten. Der männliche Körper unterwarf sich ihrer Macht, schon bald war die Befriedigung der Kurtisane vollkommen. Sie war gesättigt und voll. Ihre Lust war endlich befriedigt. Ihr ausgezehrter Körper lag bewegungslos, die Augen waren geschlossen und die trockenen Lippen flüsterten etwas. Was? Vielleicht waren es Worte der Liebe? Vielleicht waren es obszöne Worte? Wer weiß es?

Kapitel 20

Das liebende Herz stöhnt aus Groll,

Wegen der unausgesprochenen Worten,

Aber auch wegen den gesagten, es ertrinkt im Ansturm.

Im Ozean der Beleidigungen, wirst du deine Quallen nicht ertränken können,

Aber im Liebesansturm,

Wirst du deine Wünsche beibehalten.

Das liebende Herz stöhnt aus Groll,

Wegen den laufenden Tränen, wegen den Enttäuschungen stöhnt es.

Elia lag ganz schweißgebadet unter der Wirkung eines Arzneimittels, welches der Vater ihr verabreicht hatte. Eine Besserung war aber nicht in Sicht.

- Sie liegt so, ohne jegliche Veränderungen schon den ganzen Tag, - Bianca konnte ihren Mann nicht verstehen. Warum zögert er? Warum will er seine Tochter nicht von ihren Qualen erlösen? Matteo begann seiner Frau die Gesetzmäßigkeit zu erklären, mit der alle Krankheiten verlaufen. Zu diesem unpassenden Zeitpunkt klopfte es plötzlich an der Tür.

- Das ist wahrscheinlich Stefano.

Bianca ging widerwillig zur Tür. Sie hatte natürlich Matteos Erklärungen verstanden, aber ihr Mutterherz war mit seinen Ausführungen dennoch nicht einverstanden. Nachdem sie die Tür geöffnet und gesehen hatte, dass es nicht Stefano war, der geklopft hatte, ging sie zur Seite, um den Fremden, die eintraten, Platz zu machen.

- Guten Tag, - einer der unbekannten Besucher begrüßte sie höfflich.

- Wie kann ich Ihnen behilflich sein? – Matteo ließ nicht lange auf sich warten.

- Uns ist eine Anzeige in die Hände gefallen, das Sie, Herr Doktor, eine Kranke verbergen.

- Ich kann Sie nicht verstehen, ich verheimliche nichts von niemandem.

- Sie wollen also damit sagen, dass es im Haus keine Kranken gibt? Und wo ist Ihre Tochter, wenn Sie diese Frage gestatten?

- Sie ist krank.

- Na sehen Sie, Herr Doktor. Die Anzeige, dass sich im Haus eine Pestkranke befindet, hat sich also damit bestätigt.

- Aber, es ist nicht wahr!

136

- Ist sie nun krank, oder nicht?
- Ja, sie ist krank.
- Also war die Anzeige richtig.
- Kann man sie sehen?
- Und was für ein Recht haben Sie, einfach so in mein Privatleben einzudringen?
- Das Gesetz schreibt es so vor! Wer hat Ihnen das Recht gegeben, eine Kranke zu verstecken, die eine Bedrohung für andere Menschen in der Umgebung darstellt?
- Gut, Sie können sich gleich persönlich davon überzeugen, dass ich Recht habe, - Matteo führte die Gäste in Elias Zimmer.
Die Tochter atmete schwer im Schlaf. Einer der Besucher, anscheinend auch ein Arzt, näherte sich ihr, nahm Elias Hand und versuchte ihren Puls zu fühlen.
- Sie macht auf mich gesundheitlich keinen guten Eindruck, - sagte er.
- Und was fehlt meiner Tochter genau? – fragte Matteo. Er war felsenfest davon überzeugt, dass er Recht hatte. – Alle Symptome liegen doch auf der Hand und sind gut sichtbar!
- Es ist wirklich alles ganz eindeutig. Bringt sie weg!
- Nein, ich werde es Ihnen nicht erlauben das zu tun. Ich werde Ihnen meine Tochter nicht hergeben, - endlich hatte er begriffen, was hier wirklich gerade geschieht. Die Menschen, die an Pest, oder andere Infektionskrankheiten erkrankt waren, wurden auf diese Art und Weise abgeholt. Danach waren sie im Nirgendwo immer spurlos verschwunden.
- Und Sie gelten noch, als ein angesehener Arzt! Ich hatte von Ihnen bereits gehört... Und von Ihren seltsamen Überzeugungen.
Bianca begann zu schreien, als man Elia in die Bettdecke

einwickelte. Die Tochter wurde aus dem Haus raugetragen. Bianca hatte das Gefühl, dass sie wahnsinnig wird. Matteo versuchte auch weiterhin sich mit den Gesetzeshütern zu streiten, aber er hatte keinen Erfolg dabei. Alles war so plötzlich geschehen, dass es einem Alptraum glich.

Als Matteo nachschaute, wie es Bianca geht, sah er, dass sie bewusstlos auf dem Boden liegt. Nachdem er seine Frau auf die Couch gelegt hatte und etwas zu sich gekommen war, zog er sich rasch an und verschwand ebenfalls im Rahmen der Tür, welche geöffnet blieb. Nach einer Weile hatte Stefano durch die geöffnete Tür das Haus betreten.

Er warf einen verständnislosen Blick auf das gesamte Haus. Es musste doch aber irgendeine Erklärung für das alles geben. Stefano versuchte Bianca anzusprechen, aber sie war depressiv und ließ seine Fragen unbeantwortet. Dann stieg er zu Elias Zimmer nach oben. In den ersten Sekunden hatte er sogar nicht bemerkt, dass das Bett leer war.

„Soll ich es ihr erzählen, oder nicht?" – Stefano wusste nicht, wie er sich verhalten sollte. Zum Schluss hatte er sich doch noch dazu entschlossen, seiner Frau die Wahrheit zu sagen und hob seine Augen. Seltsamerweise lag Elia nicht in ihrem Bett.

Bianca schluchzte nur, ihr Gesicht war voller Tränen und zu allem teilnahmslos.

„Wir werden sie nie mehr wiedersehen!" – murmelte sie. Diese Worte klangen wie das Ende ihres glücklichen Lebens. Stefano stand auf und ging weg, ohne ein Wort zu sagen. Wohin? Vielleicht wollte er nach seiner verschwundenen besseren Hälfte suchen.

138

Kapitel 21

Matteo kehrte nach Hause zurück, ohne etwas erreicht zu haben. Er war nicht ganz bei Sinnen und man hatte das Gefühl, dass er an diesem Tag um zehn Jahre gealtert war. Niemand von den „Mächtigen dieser Welt", denen er von seinem Unglück erzählte, wollte ihm helfen. Matteo konnte noch so leidenschaftlich, um die Überprüfung der Anzeige bitten, alle blieben teilnahmslos. Die Beamten sahen in ihm nur einen wahnsinnig vor Sorge gewordenen Vater, der versucht, seine einzige Tochter zu retten. Niemandem war es in den Sinn gekommen, die Fakten zu überprüfen, aber was gab es da zu überprüfen? Das Mädchen war wirklich krank. Matteo hatte heute alle erdenklichen Menschen angefleht, aber er hörte darauf stets dieselbe Antwort: „Wir können Ihnen nicht helfen". Matteo könnte Bianca nicht in die Augen schauen. Er versuchte ihr zu erklären, wo und mit wem er über sein Anliegen gesprochen hatte, aber seine Frau wollte Matteos Entschuldigungen nicht hören. Sie wusste, dass sie ihre Tochter nie mehr wiedersehen wird. Wenn man Matteo anschauen würde, dann musste man Mitleid mit ihm haben, seine Haare waren an einem Tag ganz ergraut. Die Perspektive - an einem Tag, sowohl ihre Tochter, als auch ihren Mann zu verlieren, ließ Bianca wieder einigermaßen zu Sinnen kommen.

Lassen wir sie nun unter sich und schauen wir, was zu dieser Zeit Stefano macht. Er hatte gehofft, dass das Geld das Leid bekämpfen kann. Wenn wir es besitzen, dann haben wir manchmal das Gefühl, als ob wir die Welt beherrschen würden. Aber er hatte mit seinem Vorhaben keinen Erfolg. Jede Summe, die er den Beamten anbot, war trotzdem zu klein, um die Gefahr für ihr eigenes Leben zu überwiegen.

Stefano wollte nicht, zum Haus von Elias Eltern zurückkehren. Sie selber war ja ganz bestimmt nicht dort. Es blieb ihm nur eines übrig – durch die Stadt umherzuirren, wo auf ihn bereits Patricia wartete. Sie kannte alle seine Gewohnheiten sehr gut. Sobald er sie sah, hat er sich nicht besonders stark dem Willen der Kurtisane widersetzt, denn er brauchte jemanden, bei dem er sich ausheulen konnte.

Patricia hat ihn mit einer offensichtlichen guten Laune gehört. Alles verlief nach Plan, nun gehörte er nur ihr alleine. Oh Tücke, mit deiner Hilfe, finden sich Menschen oft auf der Höhe des Geschehens wieder. Die Kurtisane versuchte sorgfältig ihre Rolle zu spielen und schon sehr bald landete Stefano in ihrem Bett. Sobald er Patricias nackten Körper gesehen hatte, wollte er sie zuerst nur umarmen, aber eine Sekunde später hatte die Geilheit seine Leiden unterdrückt und er begrub die Kurtisane unter seinen Körper, worauf sie nur gewartet hatte. Stefano könnte nicht sagen, wie lange er in Patricias Umarmungen verbracht hatte. Er konnte nicht sagen, ob er ein, zwei Tage, oder ewig bei ihr war... Aber während dieser Zeit hatte sich alles für ihn endgültig entschieden – der Schicksaal hatte seinen Kreis geschlossen. Elia hatte in Wirklichkeit nicht nur ihn, sondern auch diese Welt verlassen. Ihre Seele versank in den tiefen Plänen des Seins, dort wo die Liebe persönlich lebt.

Patricia öffnete die schweren Gardinen, welche sie von der Außenwelt abschotteten und ließ in das Zimmer die belebenden Sonnenstrahlen eindringen. Stefano, der sich ihr mit einem Glas Rotwein in der Hand näherte, zuckte wegen dem grellen Licht zusammen, welches für einen

140

Augenblick sein Gesicht erleuchtete. Wenn er sich jetzt durch fremde Augen sehen könnte! Das gerade erst begonnene Aufleben der frommen Kräfte in ihm, hat mit Elias Tod ein rasches Ende gefunden, ohne nur eine winzige Spur von sich zu hinterlassen. Die Laster, welche durch Patricias Sieg, die Macht über ihn fest in ihren Händen hielten, haben es bereits geschafft, das schöne Gesicht des jungen Mannes zu verändern. Die Kurtisane hielt seinen Liebhaber ganz fest an der Hand. Sie hatte Angst, Stefanos Hand loszulassen. Und was ist wenn dann Stefano sofort verschwinden würde? Sie schaute in seine grünen Augen und versuchte seine Gedanken zu lesen. Nun sollte er zum Sklaven ihrer Wünsche werden. Plötzlich blitzte in seinen schönen Augen etwas auf. Etwas leichtes und durchsichtiges, man hatte das Gefühl, als ob er dadurch am ganzen Körper leuchten würde. Nachdem sie sich in die Richtung umgedreht hatte, in die er schaute, sah Patricia eine Frau mit hellen Haaren. „Nein, das darf nicht wahr sein! Lebt sie etwa doch noch?" – dachten die beiden gleichzeitig.
Stefano rannte aus dem Zimmer und ließ dabei die Kurtisane voller Erstaunen zurück. Sie hatte sogar keine Zeit ihm nachzurufen: „Wohin?", als Stefano schon auf der Straße war.
„Verdammt! Woher war sie bloß auf einmal gekommen?"
Was Stefano angeht, so nahm er diese Frau an der Hand und als sich diese umgedreht hatte, sagt er enttäuscht: „Sie ist es nicht!"
Patricia dachte, dass er nun zurück zu ihr kehren wird und stellte sich in eine Pose, um ihm alles zu sagen, was sie über ein solches Verhalten von ihm, denkt.

Aber sie blieb auch weiterhin einsam, weil er schon wieder eine Blondine gesehen hatte.

Sie musste hinter ihm her laufen. Die Kurtisane schrie etwas laut, während ihr Liebster murmelte: „Es ist schon wieder nicht die richtige sie!"

Patricia versuchte seine Hand zu ergreifen und ihn nach Hause zu führen, aber es war schlicht und ergreifend unmöglich. Denn Stefano erkannte sie nicht mehr und wiederholte nur ständig:

„Entschuldigen Sie, aber ich kenne Sie nicht."

Der vollkommen rasend gewordenen Patricia blieb nichts anderes übrig, als denjenigen in Ruhe zu lassen, der ihr gleichzeitig so vertraut und fremd vorkam. Der seelische Schmerz hat sie vollkommen gelähmt, sie hatte ein Gefühl, dass sie gleich sterben wird.

Sie ließ die Tür offen, für den Fall, dass Stefano doch noch zurückkehren wird und setzte sich auf das Bett. Noch vor kurzem war ihr Geliebter hier, bei ihr. Und wo ist er jetzt? Verschwunden? Aufgelöst? Was war dieses „Leichte und Durchsichtige" genau, was in Stefanos Augen aufgeblitzt war und seinen Verstand getrübt hatte. Es hat ihn von ihren Zauberbannen befreit, aber es hat ihn gleichzeitig auch verrückt werden lassen.

„Es ist grauenhaft!" – Patricia zog die Gardinen wieder zu. Die Handlung hatte genauso geendet, wie sie angefangen hatte. Die Kurtisane zündete eine Kerze an und legte sich ins Bett, wo es leer und einsam war. Die Kerze knisterte. Patricia schloss ihre Augen. Die Erschöpfung und die nervliche Anspannung haben über ihre sprudelnden Gefühle gesiegt. Für einen Augenblick kam eine Erleichterung, die aber nach einer kurzen Zeit in der Ungewissheit verschwand. Dorthin verschwand alles, was früher anscheinend ihr gehörte. Auf den Wänden tauchten wieder Phantome auf, auf welche Patricia mit Schrecken schaute. Bald! Sie streckten ihre grässlichen Pfoten aus und versuchten sie zu erreichen. Die Kurtisane hielt es nicht länger aus und begann zu schreien, aber ihr Ruf wurde von niemandem gehört. Er war dumpf und leise, weil er aus den geheimsten Ecken ihres Wesens hervorkam. Die Vergeltung für die verübte Sünde hatte begonnen...

Kapitel 22

Ich habe gesagt – lebe wohl,

Aber du hast mir nicht geantwortet.

Das Laub begann umherwirbeln,

Im Wirbelwind des Seelenlichtes.

Ich habe gesagt – lebe wohl,

Aber du hast es nicht gemerkt,

Meine Tränen,

Die eingefroren waren... auf meinen Lippen.

Michey war verwirrt. Sein Herr war noch nie vorher für so einen langen Zeitraum aus dem Haus verschwunden. Er war nervös und wusste nicht, was er tun sollte. Nachdem er eine passende Besuchszeit gewählt hatte, machte sich Michey zum Haus des Doktors auf den Weg. Als er am Markusdom vorbeiging, blieb er stehen, weil er einen weiblichen Schrei hörte:
- Verrückter!

- Das ist er, mein Herr! – Michey eilte zu Stefano. – Kommen Sie, gehen wir nach Hause. Ich werde Sie waschen, Sie werden sich endlich umziehen können.
Daraufhin nickte Stefano mit dem Kopf und ging gehorsam hinter seinem Diener her. In diesem Moment sahen sie, wie zwei Mönche aus einem an die Kirche angebautem Gebäude ein Sarkophag heraustrug. Man konnte sehen, wie schwer ihre Last war. Man musste den Leichnam bis zur Gondel tragen und sie unterhielten sich über etwas miteinander, in den Pausen, in denen sie nicht ächzten und schnauften.
- Sie war schön! – sagte einer von ihnen.
Darauf antwortete ihm der andere:
- Sei still, oder dein Kopf wird auch rollen.
Nachdem sie sahen, dass man sie bemerkt hatte, legten sie rasch vom Ufer ab.
- Mein Herz schmerzt, - sagte Stefano. Er schubste den Michey von sich und ging am Ufer entlang, parallel zur gleitenden Gondel...
Der Tag war zu Ende gegangen und die Nacht ging auch zu Ende. Ein neuer Morgen brach an und er brachte in Stefanos Leben etwas Neues. Mit Elias Weggang hatte er vieles verloren und vieles dazu erworben. Seine Liebe zu ihr, ließ in ihm ihre Gestalt für immer da, als würde Elia in seinem Herzen weiterleben. Nur dort können wir die Liebsten aufbewahren, die von uns gegangen sind. Dieser Draht, welcher unsere Seelen vereint, wird so lange nicht reißen, so lange wir uns an sie erinnern. Die Verbindung der Liebe wird niemals abreißen, bis zu dem Zeitpunkt, an dem wir es uns selber nicht wünschen werden.

Kapitel 23

Ein Gewitter zerbrach den Himmel in zwei Teile und störte dadurch die Stille. Dunkle, dichte Wolken, die den Himmel bedeckten – öffneten sich und aus ihrem Inneren fiel ein starker Regen. Er wollte die Erde waschen und ihren Durst stillen. Die Blitzschläge, vor denen sich die Menschen versteckten, sollten die negative Energie entschärfen, welche sich in großen Mengen angesammelt hatte.

Patricia hatte nicht allzu lange Stefano nachgetrauert. Nachdem sie begriffen hatte, dass er nicht mehr normal war, hatte sie ihn aus ihrem Leben rausgestrichen. Ihre Schönheit lockte und unterwarf ihr die Männer genauso, wie davor.

Sie konnte den Frühling nach wie vor nicht ausstehen. Der einzige Vorteil an dieser Jahreszeit war, dass die Kälte nicht mehr zurückkehren wird. Nachdem sie die Lehrstunde, welche ihr vom Schicksal unterrichtet wurde, auswendig gelernt hatte, blieb die Kurtisane zusammen mit einem Liebhaber nie länger, als ein paar Nächte. Wozu die ganzen Qualen? Außer Kopfschmerzen lassen sie einem nichts zurück. Sie sammelte, wie ein ehrgeiziger Kollektor verschiedene männliche Individuen und jeder von ihnen hatte seinen Platz in ihrer Sammlung. Denjenigen, der gerade auf ihr oben lag, könnte sie zu den besten Exemplaren zählen und einordnen. Er war riesig, die dünne Taille unterstrich seine mächtigen Schultern. Nachdem er befriedigt war, stand er auf, zog sich an und ging weg. Alles war klar und eindeutig. Nicht so, wie es mit dieser Liebe war, wo man am Ende vollkommen verwirrt wurde, mit den Fragen: wer, wen liebt. Wenn er überhaupt zu lieben im Stande ist?

In der freien Zeit von der „Liebe", wusste Patricia nicht, mit was sie sich beschäftigen sollte. Wie auch immer, musste sie aber trotzdem aufstehen. Die schwarzen Haare verstreuten sich über ihre Schultern, dadurch bedeckten sie die Nacktheit ihres unersättlichen Körpers.

- Du wolltest nicht bei mir bleiben, also renne jetzt rastlos umher, - rief sie Stefano nach, den sie häufig in der Stadt traf. Auch jetzt tauchte seine Gestalt kurz auf und zog ihre Aufmerksamkeit auf sich. Bereits die ganze Stadt wusste darüber Bescheid, dass ein Wahnsinniger aufgetaucht war, der stets nach Irgendjemanden sucht.

Die Kurtisane sagte sich sofort von ihm ab. Sie verkündete, dass sie ihn niemals zuvor gekannt hatte. Stefanos Kumpels eiferten ihr nach und verleugneten ihn ebenfalls. Wenn sie ihn zufällig in der Stadt trafen, dann wendeten sie eilig ihre Blicke von ihm ab. Was übrigens vollkommen überflüssig und unnötig war. Denn er brauchte sie nicht mehr.

Ein paar Tauben turtelten am Brunnen. Stefano saß in der Nähe und beobachtete sie.

„Ein unerträglicher Schmerz! Wann wird er enden?" Er unterwarf sich der Prophezeiung und verspürte nun alles, was ihm vorhergesagt wurde: immer auf der Suche zu sein und unerträgliche Liebesqualen zu erleiden, unerträgliche Qualen – wegen ihres Verlustes. Spät, viel zu spät kam die Reue. Wir schätzen den Menschen nicht, solange er bei uns ist.

Viele Leben lang bannen wir uns den Weg hin zur wahren Liebe, wie die Sprossen von Pflanzen zur Sonne streben, und sobald sie die Sonne erreichen, beginnen sie dort, in ihren Sonnenstrahlen zu baden.

146

Sie können ohne die Sonne nicht leben, ohne sie – sind sie tot. Sobald sie einmal emporgeragt sind, werden sie dorthin immer aufs Neue hinstreben! Der Schöpfer wusste, mit was er uns, seine Geschöpfe, wieder zurück in seinen Schoß bringen kann. Mit Liebe, nur durch Liebe lockt er seine Kreaturen zu seiner Quelle. Und sobald wir diese Quelle einmal berührt haben, werden wir sein Licht niemals wieder vergessen. Unsere Gebete werden an ihn gerichtet sein, unsere Qualen werden als Reinigung unserer Sünden dienen und als eine Art Heimkehr fungieren, dorthin, wo unsere Herzen wieder das Zusammentreffen bejubeln werden.

Kapitel 24

Ein großes Weinen und Gestank bewohnten nun die Ufer von Adria. In Venedig brach eine neue Herrschaft an, obwohl es dort bereits eine regierende Macht gab – die Pest war auf dem
Vormarsch. Der Juni des Jahres 1630 wird als ein Monat der Rache und der Bestrafung in den Chroniken festgehalten werden. Warum ein Monat der Rache werdet ihr fragen? Aber es ist doch ganz leicht, indem wir andere vernichten, vernichten wir auch gleichzeitig uns selber. Dieses ewige und gerechte Gesetz wird trotz des menschlichen Wiederstands immer auf der Erde existieren, nicht umsonst wird es, das ewige Gesetz genannt.
Als erstes Opfer hatte diese Krankheit in Venedig Patricia in den Sarg gelegt. Mit ihr fing eigentlich alles an. Sie hatte nämlich auf dem Körper eines ausländischen Liebhabers, der aus einem fernen Land kam, die Anzeichen

der Pest nicht erkannt. Sie verbrachte mit ihm zuerst eine Nacht, dann noch eine zweite, weil er sich, als ein ausgezeichneter Liebhaber erwies. Als sie zu sich gekommen war und die Anzeichen der Pest auf ihrem Körper entdeckt hatte, lief sie zum erstmöglichen Arzt, den sie nicht kannte. Als eine Gegenreaktion folgte eine Anzeige des Arztes, in der er von einer gefährliche Patientin berichtete, die eine Bedrohung für die Bevölkerung der Stadt darstellen könnte. Bereits am nächsten Tag war sie verschwunden aber ihr toller Liebhaber, blieb warum auch immer, auf freiem Fuß.

Nachdem sie den Rest ihres Lebens auf einem kalten Stein liegend verbracht hatte, verstarb sie. Dieser Stein raubte ihr die letzten Kräfte und ließ sie nicht mehr aus der Gefangenschaft frei. Und niemand bemerkte ihr Verschwinden.

Santorio verfügte über so eine Menge seelischer Kräfte, dass nicht einmal die stärkste Krankheit ihn umhauen könnte. Er hat diese schwere Zeit überlebt, mit buchstäblich hochgekrempelten Ärmeln und im direkten Kampf gegen die Krankheit. Dabei war in der ganzen Zeit nicht ein einziges Haar von seinem Haupt gefallen, obwohl er täglich im direkten Kontakt mit Kranken zu tun hatte und ihr Leiden teilte. Santorio starb eines natürlichen Todes, erst sechs Jahre später.

Sein geistlicher Ziehvater, Galileo Galilei hat sich im Juni des Jahres 1633 von der Lehre des Kopernikus distanziert und blieb bis zu seinem Tode unter Arrest.

Matteo folgte seinem Vater auf Tritt und Schritt, aber sein Herz konnte nicht mehr die menschlichen Leiden in sich aufnehmen. Nach Santorios Tod hatte Matteo ein für alle Mal sein Arztpraxis aufgegeben und hat sich voll dem Schreiben gewidmet. Er hat eine solche Unmenge von verschiedenen Gefühlen in sich aufgestaut, dass sie voll und ganz für ein halbes Dutzend guter Bücher ausgereicht haben. Bianca war diesem Umstand sehr dankbar, denn nun war ihr Liebster ständig in ihrer Nähe. Manchmal wurde sie furchtbar traurig und dann weinte sie und erinnerte sich an ihre Tochter. Und im Jahre 1631 begann man mit dem Bau einer Kirche, die an die Opfer der Epidemie erinnern sollte, Michey gehörte auch zu ihnen.

Nur ein Mensch, war überhaupt nicht froh darüber, dass er am Leben geblieben war. Das war Stefano. Er träumte davon, zu sterben, aber der Tod wollte ihn nicht bei sich aufnehmen.

„Oh Gott, was für eine Qual es doch ist, zu lieben und diejenige sich zu wünschen, die nicht mehr in dieser Welt lebt. Du träumst davon, sie zu berühren, aber du kannst es nicht. Und für das Vergnügen, zusammen mit ihr sein zu können, würdest du alles hergeben, was du hast!"

Und was hast du? Nur die Liebe! Aber warum tut es so weh? Warum bin ich so einsam?

Die Liebe! Zuerst wird sie in dir mit ihrem niederbrennenden Feuer alles vernichten, was ihr im Weg steht. Und was kommt dann?

Der Strahl der göttlichen Liebe wird auf einen fruchtbaren Boden fallen, er wird mit seinem Licht die Materie durchstoßen und sich mit dem vereinigen, was vereinigt werden muss...

Die Berührung der Hände, von dem die Lust erwacht. Die Berührung der Lippen, welche unsere Körper mit Wonne umhüllt und schließlich, - die Labsal, in der du versinkst, immer tiefer mit allen deinen Gefühlen und endlich erreichst du sie ... die Ewigkeit.

P.S.:

Venedig im Jahre 2002.
Endlich war der Frühling gekommen. Wie wunderschön
sind die Knospen, welche es sehr eilig haben, unsere
Blicke mit der Prächtigkeit ihrer Blütenblätter zu erfreu-
en. Und der Duft...
Er geht mit einem langsamen Schritt, er ist schön und
elegant. Er schaut in die Menge und richtet seinen Blick
hoffnungsvoll auf die Gesichter der schönen, unbekannten Frauen. Vielleicht wird er jetzt unter ihnen diejenige
finden – die einzige, welche ihm vom Schicksaal vorherbestimmt ist...

Ende.